COLLECTION FOLIO

Madame de Lafayette

Histoire de la princesse de Montpensier

et autres nouvelles

ÉDITION ÉTABLIE ET PRÉSENTÉE
PAR MARTINE REID

Gallimard

Femmes de lettres

PRÉSENTATION

La fin du XVIe siècle est marquée par de violents conflits religieux. Avec l'approbation du roi, sous l'égide de trois grandes familles, les Guises, les Montmorency et les Saint-André, le parti catholique combat sans relâche les huguenots, auxquels le prince de Condé sert de chef. Assassinats sauvages et trahisons, sièges et batailles alternent avec la signature de traités de paix aussitôt bafoués. La violence culmine sous le règne de Charles IX, fils de Catherine de Médicis et d'Henri II : dans la nuit du 23 au 24 août 1572, à Paris, alors que les chefs protestants sont réunis pour célébrer le mariage d'Henri de Navarre avec la sœur du roi, la belle Marguerite de Valois, le son du tocsin marque le début d'un massacre qui constituera l'un des événements les plus sanglants de l'histoire de France.

C'est dans ce cadre, alors vieux d'un siècle environ, que Mme de Lafayette, qui ouvrira *La princesse de Clèves* sur « l'éclat » des dernières an-

nées du règne d'Henri II, place les deux premières
nouvelles que l'on va lire, *Histoire de la princesse
de Montpensier*, paru anonymement en 1662, et
Histoire de la comtesse de Tende, publié pour la première fois, sans titre et sans nom d'auteur, en
1718. Tout rapproche les deux textes : leur forme
brève, leur langue dépourvue de tout artifice, leur
narration plaçant en parallèle une succession de
faits historiques attestés et la chronologie propre au
développement puis à l'échec du sentiment amoureux. Sur fond de guerres, de meurtres et de rivali-
tés, l'auteur raconte deux passions, dont le caractère
violent et inéluctable est comme éclairé, renforcé
et expliqué par l'époque dans laquelle elles s'ins-
crivent. À procéder ainsi, Mme de Lafayette ex-
ploite habilement les récits laissés par les historiens
(Brantôme, Davila ou Mézeray) et renouvelle le
genre romanesque en utilisant la fiction historique,
promise à de beaux développements ultérieurs.
Dans *La Reine Margot* (1845) et *La Dame de Mont-
soreau* (1846), Alexandre Dumas retrouvera le
temps des guerres de Religion et saura lui aussi y
placer des passions à la mesure de la brutalité
d'alors.

Extraite de *Zaïde*, l'*Histoire d'Alphonse et de Bélasire* appartient à un autre registre, aujourd'hui
moins familier. Le roman, paru en deux volumes
en 1670-1671, est situé dans l'Espagne du Xᵉ siècle occupée par les Maures ; il narre les aventures
d'un gentilhomme castillan du nom de Consalve,

tombé follement amoureux de la fille d'un prince musulman. La belle Zaïde ayant disparu, il part à sa recherche, aidé par son ami Alphonse. Les jeunes gens se racontent mutuellement leurs malheurs en amour à l'occasion de longs récits enchâssés : à la manière d'*exempla*, l'histoire de Consalve illustre les méfaits de l'inconstance, l'histoire d'Alphonse ceux de la jalousie. À la fin du roman, Zaïde retrouvée épouse Consalve ; les noces se font « avec toute la galanterie des Maures, et toute la politesse de l'Espagne ». Mme de Lafayette s'est inspirée cette fois d'un « roman » (*Histoire des guerres civiles de Grenade*, de Pérez de Hita, traduit en 1608) et s'est bien documentée sur l'histoire espagnole. L'intérêt pour le théâtre espagnol, la traduction de *Don Quichotte* de Cervantès et d'autres textes célèbres de la littérature espagnole, le traité des Pyrénées suivi du mariage de Louis XIV avec l'infante Marie-Thérèse en 1659 figurent parmi les éléments qui alimentent alors la vogue de l'Espagne (et des Maures). Nombre de romanciers et romancières du XVIIe siècle, parmi lesquelles Mlle de Scudéry, Mme de Villedieu, Mme de Gomez ou Mme d'Aulnoy, s'en inspireront.

C'est, on s'en souvient, par souci de *repos*, au nom d'une *raison* bien entendue, que la princesse de Clèves décide de se retirer du monde et de ne pas épouser l'homme qui l'aime pourtant de passion. S'ils contiennent la même leçon, les trois récits regroupés ici y arrivent par le chemin inverse : c'est pour s'être laissé entraîner dans le « roman », que la princesse de Montpensier perd à jamais mari, amant et ami dévoué ; c'est pour avoir aimé inconsidérément M. de Guise que la comtesse de Tende meurt dans l'opprobre et la honte ; c'est enfin pour s'être montré « extravagant » qu'Alphonse perd l'affection de la femme qu'il aime. La passion telle que l'entendent les personnages de Mme de Lafayette ressemble à celle des héros de Racine et en partage le vocabulaire : marquée au sceau de la fatalité, elle naît au premier coup d'œil et flambe aussitôt d'une ardeur sans pareil. La jalousie, le soupçon, l'envie de vengeance l'accompagnent, parce qu'ils ne font en réalité qu'un avec elle. Prisonniers d'une passion *inquiète*, les amoureux jaloux n'agissent pas sans crainte, blessant et provoquant alors même qu'ils voudraient convaincre, et achètent ainsi chèrement leurs (assez rares) moments de bonheur. Dans tous les cas, le malheur est au bout : certains décident alors de ne plus jamais aimer (c'est le cas de certains héros de *Zaïde*) ; d'autres se retirent du monde ; d'autres enfin meurent de remords ou de chagrin.

Romans et récits de Mme de Lafayette le rappellent chacun à sa manière, la passion ne place pas les hommes et les femmes à égalité. Elle semble au contraire rappeler tout ce qui est permis aux uns et sévèrement interdit aux autres. Malheur à la femme qui cède à la « galanterie » ! Sa réputation est à jamais flétrie (d'autant que son corps peut porter le fruit d'amours illégitimes) et il ne lui reste qu'à finir rapidement le cours de son existence. S'il arrive à quelques hommes d'être sincèrement amoureux et par conséquent vulnérables (ainsi M. de Clèves ou le comte de Tende), la plupart s'accommodent assez bien de la passion et au besoin la renouvellent ; l'orgueil les mène, et cet honneur dont ils sont si profondément infatués. La société impose le respect d'une hiérarchie forte, la soumission à toutes sortes de contraintes dictées par la bienséance et renforcées par la religion. Les moindres faits et gestes des gens de cour sont l'objet d'infinis commentaires qui ont pour effet l'approbation ou le blâme, l'inclusion ou l'exclusion du « monde » ; le comportement des jeunes filles et des femmes est soumis à un regard social particulièrement sévère ; sous le couvert de la galanterie et de la politesse, la domination des hommes sur les femmes est partout : « Faites-moi périr quand vous voudrez et comme vous voudrez », écrit la comtesse de Tende à son mari, auquel elle apprend qu'elle est enceinte d'un autre que lui.

Les quelques dizaines de lettres de Mme de Lafayette qui ont été conservées permettent d'en prendre la mesure. Elles ne livrent que peu d'informations sur sa vie, ses goûts ou ses sentiments. Une grande décence alliée à un vif souci de sa réputation, une manière parfaitement polie d'envoyer à ses amis des nouvelles de leurs connaissances communes travaillent à donner de l'épistolière un portrait assez convenu. Les lettres laissent toutefois percer une grande érudition, en particulier dans celles qui sont adressées à l'abbé Gilles Ménage, une manière piquante d'être au cœur des querelles littéraires qui occupent les salons, une attention aiguë aux façons de parler du temps (elle se fait notamment entendre dans deux célèbres lettres de 1670, celles dites « du jaloux » et « de l'étourneau »). L'image d'une femme remarquablement cultivée, mais toujours menée par un profond respect des convenances et par de sincères convictions religieuses plus nettement teintées de jansénisme au fur et à mesure qu'elle avance en âge, se précise alors plus nettement. S'il faut en croire Mme de Sévigné, la fameuse raison que Mme de Lafayette prête ou prêche, non sans audace, à ses héroïnes la résume elle-même tout entière : « Elle a eu raison pendant sa vie, et elle a eu raison après sa mort, et jamais elle n'a été sans cette divine raison, qui était sa qualité principale », écrit-elle le 3 juin 1693, alors que son amie de longue date vient de mourir.

La situation singulière de Mme de Lafayette rappelle sur deux points au moins le fonctionnement de la littérature au XVIIe siècle. Celle-ci s'élabore volontiers dans le cadre d'un travail collectif : cercles érudits et salons créent et diffusent en effet, sans toujours les publier, des œuvres qui circulent sous forme manuscrite (c'est le cas pour *Histoire de la princesse de Montpensier*) ; elles sont parfois corrigées, amendées, « embellies » par d'autres mains. La Rochefoucauld, mais aussi Pierre-Daniel Huet et Jean de Segrais furent, avec Gilles Ménage, les lecteurs attentifs des récits de Mme de Lafayette ; ils purent, à sa demande, y porter quelques amendements, même si d'aucune manière la fonction d'auteur ne peut lui être contestée. À ce premier point s'en ajoute un second, qui tient cette fois à la place des femmes dans une société aristocratique où elles sont très visibles, parfois très actives, comme c'est le cas pour Mme de Lafayette, proche de la cour et des salons les plus illustres sur lesquels elle exercera un ascendant considérable, alors même qu'elles sont très surveillées et que leurs droits sont quasiment inexistants. On les préfère salonnières brillantes, passées maîtresses dans le fameux « art de la conversation » (telles Mme de Sablé ou Mme de Rambouillet), plutôt que femmes de lettres véritables ; on en fait l'objet de poésies galantes, de fables, de dédicaces et de portraits, plus volontiers qu'on ne les imagine pourvues de véritables ambitions dans le domaine littéraire. Entre ces deux extrêmes, Mme de Lafayette se risque au roman, à la nouvelle ou aux Mémoires, mais avec la plus grande discrétion : pas de mention de nom (ce qui, pour être assez fréquent à l'époque, continue de compliquer certaines attributions), peu de traces d'un travail de rédaction véritable, peu de discours tenus sur un quelconque parti pris esthétique. Respect des bienséances, modestie naturelle, souci du rang et de la plus parfaite *honnêteté* ? Tout ceci sans doute qui permet à Mme de Lafayette d'apparaître, par goût autant que par raison, singulièrement distante de sa propre pratique littéraire.

Au milieu des fortes contraintes imposées par une société obsédée de manières, de naissance et de piété, l'indépendance d'esprit manifestée par Mme de Lafayette fut pourtant très considérable, l'inventivité de fond et de forme dont elle sut faire preuve dans le domaine romanesque assurant à son œuvre l'exceptionnelle réputation que l'on sait. L'auteur de *La princesse de Clèves* réussit à imposer son goût pour ces « histoires inventées à plaisir » et son intérêt pour l'Histoire, à donner de la passion une image sombre et violente en en détaillant très finement le fonctionnement inéluctable. Au travers des hommes de lettres de son entourage, avec et malgré eux, elle réussit aussi à se forger un style singulier, économe en effets, dépouillé parfois jusqu'à la froideur mais grâce auquel, au firmament de la littérature classique, la passion et ses chimères resplendissent à jamais du plus pur éclat.

MARTINE REID

NOTE SUR LE TEXTE

Histoire de la princesse de Montpensier (1662) et *Histoire de la comtesse de Tende* (connu par une publication posthume) suivent l'édition établie par Micheline Cuénin pour le volume *Nouvelles du XVIIᵉ siècle* (Paris, Gallimard, « Bibliothèque de la Pléiade », 1997, p. 361-387 et p. 388-400).

Pour « Histoire d'Alphonse et de Bélasire », extrait de *Zaïde, histoire espagnole* (1670-1671), nous reproduisons l'édition établie dans *Romans et nouvelles* (introduction d'Émile Magne, Paris, Garnier, 1961), reprise par Bernard Pingaud (Paris, Gallimard, « Folio », 1972).

Seules les informations jugées indispensables à la compréhension du texte ont fait l'objet d'une note.

HISTOIRE
DE LA PRINCESSE
DE MONTPENSIER

ET AUTRES NOUVELLES

Histoire de la princesse de Montpensier sous le règne de Charles IX, roi de France[1]

Pendant que la guerre civile déchirait la France sous le règne de Charles IX[2], l'amour ne laissait pas de trouver sa place parmi tant de désordres, et d'en causer beaucoup dans son empire. La fille unique du marquis de Mézières, héritière très considérable et par ses grands biens et par l'illustre maison d'Anjou dont elle était descendue, était comme accordée au duc du Maine[3], cadet du duc

---

1. Dans l'avertissement du libraire au lecteur, texte liminaire de l'édition de 1662 (*Romans et nouvelles du XVIIe siècle*, p. 362), on lit : « L'auteur ayant voulu, pour son divertissement, écrire des histoires inventées à plaisir a jugé plus à propos de prendre des noms connus dans nos histoires que de se servir de ceux que l'on trouve dans les romans, croyant bien que la réputation de Madame de Montpensier ne serait pas blessée par un récit effectivement fabuleux. » Mme de Lafayette rappelle ainsi qu'elle s'est autorisée quelques libertés à l'égard de l'histoire véritable, sur laquelle elle a toutefois pris soin de se documenter soigneusement.
2. Le récit commence en 1563, pendant la minorité de Charles IX (1550-1574), et se termine en 1572, au lendemain de la Saint-Barthélemy.
3. Charles de Lorraine, deuxième enfant de François de Guise, né en 1554 (il n'a alors que neuf ans).

de Guise, que l'on appela depuis le Balafré[1]. Ils étaient tous deux dans une extrême jeunesse et le duc de Guise, voyant souvent cette prétendue belle-sœur, en qui paraissaient déjà les commencements d'une grande beauté, en devint amoureux et en fut aimé.

Ils cachèrent leur intelligence avec beaucoup de soin, et le duc de Guise, qui n'avait pas encore tant d'ambition qu'il en eut depuis, souhaitait ardemment de l'épouser ; mais la crainte du cardinal de Lorraine son oncle, qui lui tenait lieu de père, l'empêchait de se déclarer.

Les choses étaient en cet état lorsque la maison de Bourbon, qui ne pouvait voir qu'avec envie l'élévation de celle de Guise, s'apercevant de l'avantage qu'elle recevrait de ce mariage, se résolut de le lui ôter et de se le procurer à elle-même, en faisant épouser cette grande héritière au jeune prince de Montpensier, que l'on appelait quelquefois le prince dauphin[2].

L'on travailla à cette affaire avec tant de succès que les parents, contre les paroles qu'ils avaient données au cardinal de Guise, se résolurent de donner leur nièce au prince de Montpensier[3].

1. Henri de Lorraine (1550-1588), fils aîné du duc. Il reçut plus tard une blessure à la joue à la bataille de Dormans (1575) et sera assassiné à Blois sur l'ordre d'Henri III. Comme Mlle de Mézières, il est âgé de treize ans quand le récit commence.
2. Il portait le titre de dauphin d'Auvergne, provenant de l'héritage de son grand-oncle, le connétable de Bourbon.
3. Le mariage fut célébré en 1566.

Ce procédé surprit extrêmement toute la maison de Guise, mais le duc en fut accablé de douleur, et l'intérêt de son amour lui fit voir ce changement comme un affront insupportable.

Son ressentiment éclata bientôt malgré les réprimandes du cardinal de Guise et du duc d'Aumale, ses oncles, qui ne voulaient point s'opiniâtrer à une chose qu'ils voyaient ne pouvoir empêcher. Il s'emporta avec tant de violence, même en présence du jeune prince de Montpensier, qu'il en naquit une haine entre eux qui ne finit qu'avec leur vie.

Mlle de Mézières, tourmentée par ses parents, voyant qu'elle ne pouvait épouser M. de Guise et connaissant par sa vertu qu'il était dangereux d'avoir pour beau-frère un homme qu'elle souhaitait pour mari, se résolut enfin d'obéir à ses parents et conjura M. de Guise de ne plus apporter d'empêchements et oppositions à son mariage. Elle épousa donc le jeune prince de Montpensier qui, peu de temps après, l'emmena à Champigny (séjour ordinaire des princes de sa maison) pour l'ôter de Paris, où apparemment tout l'effort de la guerre allait tomber[1].

Cette grande ville était menacée d'un siège pour l'armée des huguenots, dont le prince de Condé

---

1. L'automne 1567 voit en effet le début de la deuxième guerre de religion. Condé met le siège devant Paris et le connétable de Montmorency livre contre lui la bataille de Saint-Denis.

était le chef, et qui venait de prendre les armes contre le roi pour la seconde fois[1].

Le prince de Montpensier, dans sa plus grande jeunesse, avait fait une amitié très particulière avec le comte de Chabannes[2], et ce comte, quoique d'un âge beaucoup plus avancé, avait été si sensible à l'estime et à la confiance de ce prince que, contre tous ses propres intérêts, il abandonna le parti des huguenots, ne pouvant se résoudre à être opposé en quelque chose à un si grand homme et qui lui était si cher.

Ce changement de parti n'ayant point d'autre raison que celle de l'amitié, l'on douta qu'il fût véritable, et la reine mère Catherine de Médicis en eut de si grands soupçons que, la guerre étant déclarée par les huguenots, elle eut dessein de le faire arrêter.

Mais le prince de Montpensier l'empêcha, en lui répondant de la personne du comte de Chabannes, qu'il emmena à Champigny en s'y en allant avec sa femme. Ce comte, étant d'un esprit fort sage et fort doux, gagna bientôt l'estime de la princesse de Montpensier et, en peu de temps, elle n'eut pas moins d'amitié pour lui. Chabannes, de son côté, regardait avec admiration tant de beauté, d'esprit et de vertu qui paraissaient en cette jeune princesse et, se servant de l'amitié qu'elle lui témoignait pour

---

1. Condé était entré en dissidence une première fois en 1562.
2. L'existence de ce personnage n'est pas attestée.

lui inspirer des sentiments d'une vertu extraordinaire et dignes de la grandeur de sa naissance, il
la rendit en peu de temps une des personnes du
monde la plus achevée.

Le prince étant revenu à la cour, où la continuation de la guerre l'appelait, le comte demeura
seul avec la princesse et continua d'avoir pour elle
un respect et une amitié proportionnés à sa qualité et à son mérite.

La confiance s'augmenta de part et d'autre, et à
tel point du côté de la princesse de Montpensier
qu'elle lui apprit l'inclination qu'elle avait eue
pour M. de Guise, mais elle lui apprit aussi en
même temps qu'elle était presque éteinte et qu'il
ne lui en restait que ce qu'il était nécessaire pour
défendre l'entrée de son cœur à tout autre, et
que, la vertu se joignant à ce reste d'impression,
elle n'était capable que d'avoir du mépris pour
tous ceux qui oseraient lever les yeux jusqu'à elle.

Le comte de Chabannes, qui connaissait la sincérité de cette belle princesse, et qui lui voyait
d'ailleurs des dispositions si opposées à la faiblesse
de la galanterie, ne douta point qu'elle ne lui dît
la vérité de ses sentiments ; et néanmoins, il ne
put se défendre de tant de charmes qu'il voyait
tous les jours de si près. Il devint passionnément
amoureux de cette princesse et, quelque honte
qu'il trouvât à se laisser surmonter, il fallut céder,
et l'aimer de la plus violente et sincère passion qui
fût jamais. S'il ne fut pas maître de son cœur, il le

fut de ses actions. Le changement de son âme n'en apporta point dans sa conduite, et personne ne soupçonna son amour. Il prit un soin exact pendant une année entière de le cacher à la princesse, et il crut qu'il aurait toujours le même désir de le lui cacher. L'amour fit en lui ce qu'il fait en tous les autres : il lui donna l'envie de parler, et, après tous les combats qui ont accoutumé se faire[1] en pareilles occasions, il osa lui dire qu'il l'aimait, s'étant bien préparé à essuyer les orages dont la fierté de cette princesse le menaçait. Mais il trouva en elle une tranquillité et une froideur pires mille fois que toutes les rigueurs à quoi il s'était attendu : elle ne prit pas la peine de se mettre en colère.

Elle lui représenta en peu de mots la différence de leurs qualités et de leur âge, la connaissance particulière qu'il avait de sa vertu et de l'inclination qu'elle avait eue pour M. de Guise, et surtout ce qu'il devait à la confiance et à l'amitié du prince son mari.

Le comte de Chabannes pensa mourir à ses pieds de honte et de douleur. Elle tâcha de le consoler en l'assurant qu'elle ne se souviendrait jamais de ce qu'il venait de lui dire, qu'elle ne se persuaderait jamais une chose qui lui était si désavantageuse, et qu'elle ne le regarderait jamais que comme son meilleur ami.

Ces assurances consolèrent le comte, comme

1. Archaïsme : *de* se faire.

l'on se peut imaginer. Il sentit les mépris des paroles de la princesse dans toute leur étendue et, le lendemain, la revoyant avec un visage aussi ouvert que de coutume sans que sa présence la troublât ni la fit rougir, son affliction en redoubla de la moitié et le procédé de la princesse ne la diminua pas. Elle vécut avec lui avec la même bonté qu'elle avait accoutumé ; elle lui reparla, quand l'occasion en fit naître le discours, de l'inclination qu'elle avait eue pour M. de Guise, et la renommée commençant lors à publier les grandes qualités qui paraissaient en ce prince, elle lui avoua qu'elle en sentait de la joie, et qu'elle était bien aise de voir qu'il méritait les sentiments qu'elle avait eus pour lui.

Toutes ces marques de confiance qui avaient été si chères au comte de Chabannes lui devinrent insupportables. Il ne l'osait pourtant témoigner, quoiqu'il osât bien la faire souvenir quelques fois de ce qu'il avait eu la hardiesse de lui dire.

Après deux années d'absence, la paix étant faite[1], le prince de Montpensier revint trouver la princesse sa femme tout couvert de la gloire qu'il avait acquise au siège de Paris et à la bataille de Saint-Denis[2]. Il fut surpris de voir la beauté de cette princesse dans une si haute perfection, et, par le sentiment d'une jalousie qui lui était natu-

1. La paix de Longjumeau, signée en 1568.
2. Voir note 1, p. 21.

relle, il en eut quelque chagrin, prévoyant bien qu'il ne serait pas le seul à la trouver belle. Il eut beaucoup de joie de revoir le comte de Chabannes pour qui son amitié n'avait point diminué, et lui demanda confidemment des nouvelles de l'humeur et de l'esprit de sa femme, qui lui était quasi une personne inconnue par le peu de temps qu'il avait demeuré avec elle.

Le comte, avec une sincérité aussi exacte que s'il n'eût point été amoureux, dit au prince tout ce qu'il connaissait en cette princesse capable de la lui faire aimer, et avertit aussi Mme de Montpensier de toutes les choses qu'elle devait faire pour achever de gagner le cœur et l'estime de son mari. Enfin la passion du comte de Chabannes le portait si naturellement à ne songer qu'à ce qui pouvait augmenter le bonheur et la gloire de cette princesse qu'il oubliait sans peine les intérêts qu'ont les amants à empêcher que les personnes qu'ils aiment ne soient avec une si parfaite intelligence avec leurs maris.

La paix ne fit que paraître. La guerre recommença aussitôt par le dessein qu'eut le roi de faire arrêter à Noyers le prince de Condé et l'amiral de Châtillon où ils s'étaient retirés et, ce dessein ayant été découvert, l'on commença de nouveau les préparatifs de la guerre, et le prince de Montpensier fut contraint de quitter sa femme pour se rendre où son devoir l'appelait.

Chabannes le suivit à la cour, s'étant entièrement justifié auprès de la reine, à qui il ne resta aucun soupçon de sa fidélité. Ce ne fut pas sans une douleur extrême qu'il quitta la princesse, qui de son côté demeura fort triste des périls où la guerre allait exposer son mari. Les chefs des huguenots s'étant retirés à La Rochelle, le Poitou et la Saintonge étant de leur parti, la guerre s'y ralluma fortement et le roi y rassembla toutes ses troupes.

Le duc d'Anjou son frère, qui fut depuis Henri III[1], y acquit beaucoup de gloire par plusieurs belles actions, et entre autres par la bataille de Jarnac, où le prince de Condé fut tué[2]. Ce fut dans cette guerre que le duc de Guise commença à avoir des emplois fort considérables et à faire connaître qu'il passait de beaucoup les grandes espérances qu'on avait conçues de lui.

Le prince de Montpensier, qui le haïssait et comme son ennemi particulier et comme celui de sa maison, ne voyait qu'avec peine la gloire de ce duc, aussi bien que l'amitié que lui témoignait le duc d'Anjou. Après que les deux armées se furent fatiguées par beaucoup de petits combats, d'un commun consentement on licencia les troupes pour quelque temps et le duc d'Anjou demeura à

---

1. Troisième fils de Catherine de Médicis et d'Henri II, Henri III (1551-1589) deviendra roi de France à la mort de Charles IX en 1574.

2. Blessé, il allait se rendre quand il fut assassiné (1569).

Loches pour donner ordre à toutes les places qui eussent pu être attaquées.

Le duc de Guise y demeura avec lui, et le prince de Montpensier, accompagné du comte de Chabannes, s'en alla à Champigny, qui n'était pas fort éloigné de là[1]. Le duc d'Anjou allait souvent visiter les places qu'il faisait fortifier. Un jour qu'il revenait à Loches par un chemin peu connu de ceux de sa suite, le duc de Guise, qui se vantait de le savoir, se mit à la tête de la troupe pour lui servir de guide ; mais, après avoir marché quelque temps, il s'égara et se trouva sur le bord d'une petite rivière qu'il ne reconnut pas lui-même. Toute la troupe fit la guerre au duc de Guise de les avoir si mal conduits, et, étant arrêtés en ce lieu, aussi disposés à la joie qu'ont accoutumé de l'être de jeunes princes[2], ils aperçurent un petit bateau qui était arrêté au milieu de la rivière, et, comme elle n'était pas large, ils distinguèrent aisément dans ce bateau trois ou quatre femmes, et une entre autres qui leur parut fort belle, habillée magnifiquement, et qui regardait avec attention deux hommes qui pêchaient auprès d'elle. Cette nouvelle aventure donna une nouvelle joie à ces deux jeunes princes et à tous ceux de leur suite : elle leur parut une chose de roman. Les uns disaient au duc de Guise

---

1. Une cinquantaine de kilomètres sépare Loches de Champigny.
2. Ils ont alors dix-huit et dix-neuf ans.

qu'il les avait égarés exprès pour leur faire voir cette belle personne, les autres qu'après ce qu'avait fait le hasard, il fallait qu'il en devînt amoureux, et le duc d'Anjou soutenait que c'était lui qui devait être son amant. Enfin, voulant pousser l'aventure au bout, ils firent avancer de leurs gens à cheval le plus avant qu'il se pût dans la rivière, pour crier à cette dame que c'était M. le duc d'Anjou qui eût bien voulu passer de l'autre côté de l'eau, et qu'il priait qu'on le vînt prendre. Cette dame, qui était Mme de Montpensier, entendant nommer le duc d'Anjou et ne doutant pas à la quantité de gens qu'elle voyait au bord de l'eau que ce ne fût lui, fit avancer son bateau pour aller du côté où il était. Sa bonne mine le lui fit bientôt distinguer des autres quoiqu'elle ne l'eût quasi jamais vu, mais elle distingua encore plutôt le duc de Guise. Sa vue lui apporta un trouble qui la fit rougir et qui la fit paraître aux yeux de ces princes dans une beauté qu'ils crurent surnaturelle. Le duc de Guise la reconnut d'abord, malgré le changement avantageux qui s'était fait en elle depuis les trois années qu'il ne l'avait pas vue. Il dit au duc d'Anjou qui elle était, qui fut honteux d'abord de la liberté qu'il avait prise, mais, voyant Mme de Montpensier si belle et cette aventure lui plaisant si fort, il se résolut de l'achever, et, après mille excuses et mille compliments, il inventa une affaire considérable qu'il disait avoir au-delà de la rivière, et accepta l'offre qu'elle lui fit de le passer dans son bateau. Il y entra seul avec le duc d'Anjou, donnant ordre à tout ce qui le suivait d'aller passer la rivière à un autre endroit, et de le venir joindre à Champigny, que Mme de Montpensier dit n'être qu'à deux lieues de là. Sitôt qu'ils furent dans le bateau, le duc d'Anjou lui demanda à quoi ils devaient une si agréable rencontre et ce qu'elle faisait au milieu de la rivière. Elle lui apprit qu'étant partie de Champigny avec le prince son mari dans le dessein de le suivre à la chasse, elle s'était trouvée trop lasse et était venue sur le bord de la rivière où la curiosité d'aller voir prendre un saumon qui avait donné dans un filet l'avait fait entrer dans ce bateau.

M. de Guise ne se mêlait point dans la conversation, et sentant réveiller dans son cœur si vivement tout ce que cette princesse y avait autrefois fait naître, il pensait en lui-même qu'il pourrait demeurer aussi bien pris dans les liens de cette belle princesse que le saumon l'était dans les filets du pêcheur. Ils arrivèrent bientôt au bord, où ils trouvèrent les chevaux et les écuyers de Mme de Montpensier qui l'attendaient. Le duc d'Anjou lui aida à monter à cheval, où elle se tenait avec une grâce admirable, et ces deux princes ayant pris des chevaux de main[1] que conduisaient des pages de cette princesse, ils prirent le chemin de Champi-

---

1. Chevaux qui ne sont pas montés mais conduits à la main.

gny où elle les conduisait. Ils ne furent pas moins surpris des charmes de son esprit qu'ils l'avaient été de sa beauté, et ne purent s'empêcher de lui faire connaître l'étonnement où ils étaient de tous les deux.

Elle répondit à leurs louanges avec toute la modestie imaginable, mais un peu plus froidement à celles du duc de Guise, voulant garder une fierté qui l'empêchât de fonder aucune espérance sur l'inclination qu'elle avait eue pour lui.

En arrivant dans la première cour de Champigny, ils y trouvèrent le prince de Montpensier qui ne faisait que revenir de la chasse. Son étonnement fut grand de voir deux hommes marcher à côté de sa femme, mais il fut extrême quand, s'approchant plus près, il reconnut que c'était le duc d'Anjou et le duc de Guise. La haine qu'il avait pour le dernier se joignant à la jalousie naturelle lui fit trouver quelque chose de si désagréable à voir ces deux princes avec sa femme sans savoir comment ils s'y étaient trouvés ni ce qu'ils venaient faire chez lui, qu'il ne put cacher le chagrin qu'il en avait ; mais il en rejeta la cause sur la crainte de ne pouvoir recevoir un si grand prince selon sa qualité et comme il l'eût souhaité.

Le comte de Chabannes avait encore plus de chagrin de voir M. de Guise auprès de Mme de Montpensier que M. de Montpensier n'en avait lui-même. Ce que le hasard avait fait pour rassembler ces deux personnes lui semblait de si mauvais

augure qu'il pronostiquait aisément que ce com-
mencement de roman ne serait pas sans suite. Mme
de Montpensier fit les honneurs de chez elle avec
le même agrément qu'elle faisait toutes choses.

Enfin elle ne plut que trop à ses hôtes. Le duc
d'Anjou, qui était fort galant et fort bien fait, ne
put voir une fortune si digne de lui sans la souhaiter ardemment. Il fut touché du même mal
que M. de Guise et, feignant toujours des affaires
extraordinaires, il demeura deux jours sans être
obligé d'y demeurer que par les charmes de Mme
de Montpensier, le prince son mari ne faisant pas
de violence pour l'y retenir. Le duc de Guise ne
partit pas sans faire entendre à Mme de Montpensier qu'il était pour elle ce qu'il était autrefois et,
comme sa passion n'avait point été sue de personne, il lui dit plusieurs fois, devant tout le monde
sans être entendu que d'elle, que son cœur n'avait
point changé, et partit avec le duc d'Anjou. Ils
sortirent de Champigny et l'un et l'autre avec
beaucoup de regret, et marchèrent longtemps dans
un profond silence. Enfin, le duc d'Anjou s'ima-
ginant tout d'un coup que ce qui causait sa rêverie pouvait bien causer celle du duc de Guise, lui
demanda brusquement s'il pensait aux beautés de
la princesse de Montpensier.

Cette demande si brusque, jointe à ce qu'avait
déjà remarqué le duc de Guise des sentiments du
duc d'Anjou, lui fit voir qu'il serait infailliblement
son rival, et qu'il lui était très important de ne pas

découvrir son amour au prince. Pour lui en ôter tout soupçon, il lui répondit en riant qu'il paraissait lui-même si occupé de la rêverie dont il l'accusait qu'il n'avait pas jugé à propos de l'interrompre ; que les beautés de la princesse de Montpensier n'étaient pas nouvelles pour lui ; qu'il s'était accoutumé à en supporter l'éclat du temps qu'elle était destinée à être sa belle-sœur, mais qu'il voyait bien que tout le monde n'en était pas si peu ébloui que lui. Le duc d'Anjou lui avoua qu'il n'avait encore rien vu qui lui parût comparable à la princesse de Montpensier et qu'il sentait bien que sa vue lui pourrait être dangereuse s'il y était souvent exposé. Il voulut faire convenir le duc de Guise qu'il sentait la même chose, mais ce duc, qui commençait à se faire une affaire sérieuse de son amour, n'en voulut rien avouer.

Les princes s'en retournèrent à Loches, faisant souvent leur agréable conversation de l'aventure qui leur avait découvert la princesse de Montpensier. Ce ne fut pas un sujet de si grand divertissement dans Champigny. Le prince de Montpensier était mal content de ce qui était arrivé sans qu'il en pût dire le sujet. Il trouvait mauvais que sa femme se fût trouvée dans ce bateau ; il lui semblait qu'elle avait reçu trop agréablement ces princes. Et ce qui lui déplaisait le plus était d'avoir remarqué que le duc de Guise l'avait regardée attentivement. Il en conçut dans ce moment une jalousie si furieuse qu'elle le fit ressouvenir de l'emportement qu'il avait témoigné lors de son mariage, et il eut quelque soupçon que, dès ce temps-là, il en était amoureux.

Le chagrin que tous ses soupçons lui causèrent donna de mauvaises heures à la princesse de Montpensier. Le comte de Chabannes, selon sa coutume, prit soin qu'ils ne se brouillassent tout à fait afin de persuader par là à la princesse combien la passion qu'il avait pour elle était sincère et désintéressée. Il ne put s'empêcher de lui demander l'effet qu'avait produit sur elle la vue du duc de Guise. Elle lui apprit qu'elle en avait été troublée, par la honte de l'inclination qu'elle lui avait autrefois témoignée ; qu'elle l'avait trouvé beaucoup mieux fait qu'il n'était en ce temps-là, et que même il lui avait paru qu'il lui voulait persuader qu'il l'aimait encore, mais elle l'assura en même temps que rien ne pouvait ébranler la résolution qu'elle avait prise de ne s'engager jamais.

Le comte de Chabannes fut très aise de tout ce qu'elle lui disait, quoique rien ne le pût rassurer sur le duc de Guise. Il témoigna à la princesse qu'il appréhendait pour elle que les premières impressions ne revinssent quelque jour, et il lui fit comprendre la mortelle douleur qu'il aurait pour son intérêt d'elle et pour le sien propre de la voir changer de sentiment. La princesse de Montpensier, continuant toujours son procédé avec lui, ne répondit presque pas à ce qu'il lui disait de sa passion et ne considérait toujours en lui que la qualité du meilleur ami du monde, sans lui vouloir faire l'honneur de prendre garde à celle d'amant.

Les armées étant remises sur pied, tous les princes y retournèrent, et le prince de Montpensier trouva bon que sa femme s'en vînt à Paris pour n'être plus si proche des lieux où se faisait la guerre. Les huguenots assiégèrent la ville de Poitiers. Le duc de Guise s'y jeta pour la défendre[1] et y fit des actions qui suffiraient seules à rendre glorieuse une autre vie que la sienne.

Ensuite la bataille de Moncontour se donna et le duc d'Anjou, après avoir pris Saint-Jean-d'Angély[2], tomba malade et fut contraint de quitter l'armée soit par la violence de son mal ou par l'envie qu'il avait de revenir goûter le repos et les douceurs de Paris, où la présence de la princesse de Montpensier n'était pas la moindre qui l'y attirât. L'armée demeura sous le commandement du prince de Montpensier et, peu de temps après, la paix étant faite[3], toute la cour se trouva à Paris. La beauté de la princesse de Montpensier effaça toutes celles qu'on avait admirées jusques alors ; elle attira les yeux de tout le monde par les charmes de son esprit et de sa personne. Le duc d'Anjou

1. En 1569, la ville fut défendue par le duc de Guise et résista. Il tira de cet épisode une grande réputation de vaillance.
2. Cette bataille puis ce long siège eurent lieu à la fin de l'année 1569.
3. La paix de Saint-Germain, signée en 1570, et qui mettait fin aux hostilités religieuses.

ne changea pas en la revoyant les sentiments qu'il avait conçus pour elle à Champigny, et prit un soin extrême de les lui faire connaître par toutes sortes de soins et de galanteries, se ménageant toutefois à ne lui en donner des témoignages trop éclatants, de peur de donner de la jalousie au prince son mari. Le duc de Guise acheva d'en devenir violemment amoureux et, voulant par plusieurs raisons tenir sa passion cachée, il se résolut de la déclarer d'abord à la princesse de Montpensier, pour s'épargner tous ces commencements qui font toujours naître le bruit et l'éclat. Étant un jour chez la reine à une heure où il y avait très peu de monde, et la reine étant retirée dans son cabinet pour parler au cardinal de Lorraine, la princesse arriva.

Le duc se résolut de prendre ce moment pour lui parler, et, s'approchant d'elle : « Je vais vous surprendre, madame, lui dit-il, et vous déplaire en vous apprenant que j'ai toujours conservé cette passion qui vous a été connue autrefois, et qu'elle est si fort augmentée, en vous revoyant, que votre sévérité, la haine de M. le prince de Montpensier et la concurrence du premier prince du royaume ne sauraient lui ôter un moment de sa violence. Il aurait été plus respectueux de vous la faire connaître par mes actions que par mes paroles, mais, madame, mes actions l'auraient apprise à d'autres aussi bien qu'à vous, et je veux que vous sachiez seule que je suis assez hardi pour vous adorer. »

La princesse fut d'abord si surprise et si troublée
de ce discours qu'elle ne songea pas à l'interrompre, mais ensuite, étant revenue à elle et commençant à lui répondre, le prince de Montpensier
entra. Le trouble et l'agitation étaient peints sur le
visage de la princesse sa femme. La vue de son
mari acheva de l'embarrasser, de sorte qu'elle lui
en laissa plus entendre que le duc de Guise n'en
venait de dire.

La reine sortit de son cabinet, et le duc se retira
pour guérir la jalousie de ce prince. La princesse
de Montpensier trouva le soir dans l'esprit de son
mari tout le chagrin à quoi elle s'était attendue. Il
s'emporta avec des violences épouvantables, et lui
défendit de parler jamais au duc de Guise. Elle se
retira bien triste dans son appartement, et bien
occupée des aventures qui lui étaient arrivées ce
jour-là. Le jour suivant, elle revit le duc de Guise
chez la reine, mais il ne l'aborda pas, et se con-
tenta de sortir un peu après elle, pour lui faire
voir qu'il n'y avait que faire quand elle n'y était
pas et il ne se passait point de jour qu'elle ne
reçût mille marques cachées de la passion de ce
duc, sans qu'il essayât de lui parler que lorsqu'il
ne pouvait être vu de personne. Malgré toutes ces
belles résolutions qu'elle avait faites à Champigny,
elle commença à être persuadée de sa passion, et
à sentir dans le fond de son cœur de ce qui avait
été autrefois. Le duc d'Anjou de son côté, qui
n'oubliait rien pour lui témoigner sa passion en

tous les lieux où il la pouvait voir, et qui la suivait continuellement chez la reine sa mère et la princesse sa sœur, en était traité avec une rigueur étrange et capable de guérir tout autre passion que la sienne.

On découvrit en ce temps-là que Madame[1], qui fut depuis reine de Navarre, avait quelque attachement pour le duc de Guise, et ce qui le fit éclater davantage fut le refroidissement qui parut du duc d'Anjou pour le duc de Guise. La princesse de Montpensier apprit cette nouvelle, qui ne lui fut pas indifférente, et qui lui fit sentir qu'elle prenait plus d'intérêt au duc de Guise qu'elle ne pensait. M. de Montpensier son beau-père épousant Mlle de Guise, sœur de ce duc, elle était contrainte de le voir souvent dans les lieux où les cérémonies des noces les appelaient l'un et l'autre. La princesse de Montpensier, ne pouvant souffrir qu'un homme que toute la France croyait amoureux de Madame osât lui dire qu'il l'était d'elle, et se sentant offensée et quasi affligée de s'être trompée elle-même, un jour que le duc de Guise la rencontra chez sa sœur un peu éloignée des autres et qu'il lui voulut parler de sa passion, elle l'interrompit brusquement et lui dit d'un ton qui marquait sa colère : « Je ne comprends pas qu'il faille, sur le fondement d'une faiblesse dont on a été ca-

_____

1. Marguerite de Valois (1533-1615). Elle a alors seize ans et sa beauté est unanimement célébrée.

pable à treize ans, avoir l'audace de faire l'amoureux d'une personne comme moi, et surtout quand
on l'est d'une autre au su de toute la cour. »

Le duc de Guise, qui avait beaucoup d'esprit et
qui était fort amoureux, n'eut besoin de consulter
personne pour entendre tout ce que signifiaient
les paroles de la princesse ; il lui répondit avec
beaucoup de respect : « J'avoue, madame, que j'ai
eu tort de ne pas mépriser l'honneur d'être beau-
frère de mon roi plutôt que de vous laisser soupçonner un moment que je pourrais désirer un
autre cœur que le vôtre ; mais si vous voulez me
faire la grâce de m'écouter, je suis assuré de me
justifier auprès de vous. » La princesse de Montpensier ne répondit point, mais elle ne s'éloigna
pas, et le duc de Guise voyant qu'elle lui donnait
l'audience qu'il souhaitait, lui apprit que, sans s'être
attiré les bonnes grâces de Madame par aucun soin,
elle l'en avait honoré ; que, n'ayant nulle passion
pour elle, il avait très mal répondu à l'honneur
qu'elle lui faisait jusqu'à ce qu'elle lui eût donné
quelque espérance de l'épouser ; qu'à la vérité, la
grandeur où ce mariage pouvait l'élever l'avait
obligé de lui rendre plus de devoirs et que c'était
ce qui avait donné lieu au soupçon qu'avaient eu
le roi et le duc d'Anjou ; que la disgrâce de l'un
ni de l'autre ne le dissuadait pas de son dessein,
mais que, s'il lui déplaisait, il l'abandonnait dès
l'heure même pour n'y penser de sa vie.

Le sacrifice que le duc de Guise faisait à la

princesse lui fit oublier toute la rigueur et toute la colère avec laquelle elle avait commencé à lui parler. Elle commença à raisonner avec lui de la faiblesse qu'avait eue Madame de l'aimer la première, de l'avantage considérable qu'il recevrait en l'épousant. Enfin, sans rien d'obligeant au duc de Guise, elle lui fit revoir mille choses agréables qu'il avait trouvées autrefois en Mlle de Mézières. Quoiqu'ils ne se fussent point parlé depuis si longtemps, ils se trouvèrent pourtant accoutumés ensemble et leurs cœurs se remirent aisément dans un chemin qui ne leur était pas inconnu. Ils finirent enfin cette conversation, qui laissa une sensible joie dans l'esprit du duc de Guise. La princesse n'en eut pas une petite de connaître qu'il l'aimait véritablement, mais, quand elle fut dans son cabinet, quelles réflexions ne fit-elle point sur la honte de s'être laissée fléchir si aisément aux excuses du duc de Guise, sur l'embarras où elle s'allait plonger en s'engageant dans une chose qu'elle avait regardée avec tant d'horreur, et sur les effroyables malheurs où la jalousie de son mari la pouvait jeter. Ces pensées lui firent faire de nouvelles résolutions, qui se dissipèrent dès le lendemain par la vue du duc de Guise. Il ne manquait pas de lui rendre un compte exact de tout ce qui se passait entre Madame et lui, et la nouvelle alliance de leurs maisons leur donnait plusieurs occasions de se parler. Mais il n'avait pas peu de peine à la guérir de la jalousie que lui donnait la beauté de Madame, contre laquelle il n'y avait point de serment qui la pût rassurer, et cette jalousie lui servait à défendre plus opiniâtrement le reste de son cœur contre les soins du duc de Guise, qui en avait déjà gagné la plus grande partie.

Le mariage du roi avec la fille de l'empereur Maximilien remplit la cour de fêtes et de réjouissances[1]. Le roi fit un ballet où dansaient Madame et toutes les princesses. La princesse de Montpensier pouvait seule lui disputer le prix de la beauté. Le duc d'Anjou dansait une entrée de Maures[2] et le duc de Guise, avec quatre autres, était de son entrée : leurs habits étaient tous pareils, comme l'ont accoutumé de l'être les habits de ceux qui dansent une même entrée.

La première fois que le ballet se dansa, le duc de Guise, devant que de danser et n'ayant pas encore son masque, dit quelques mots en passant à la princesse de Montpensier. Elle s'aperçut bien que le prince son mari y avait pris garde, ce qui la mit en inquiétude, et, toute troublée, quelque temps après, voyant le duc d'Anjou avec son masque et son habit de Maure qui venait pour lui parler, elle

1. Charles IX épousa Élisabeth de Bavière, fille de l'empereur Maximilien II d'Autriche, en 1570 : signature du contrat, mariage par procuration puis mariage à Mézières donnèrent lieu à des fêtes nombreuses.
2. D'après Micheline Cuénin, le détail est emprunté aux nombreux ballets qui figurent dans l'ouvrage de Pérez de Hita, *Histoire des guerres civiles de Grenade*.

crut que c'était encore le duc de Guise et, s'approchant de lui : « N'ayez des yeux ce soir que pour Madame, lui dit-elle ; je n'en serais point jalouse ; je vous l'ordonne, on m'observe, ne m'approchez plus. » Elle se retira sitôt qu'elle eut achevé ces paroles et le duc d'Anjou en demeura accablé comme d'un coup de tonnerre. Il vit dans ce moment qu'il avait un rival aimé. Il comprit par le nom de Madame que ce rival était le duc de Guise, et il ne put douter que la princesse sa sœur ne fût le sacrifice qui avait rendu la princesse de Montpensier favorable aux yeux de son rival. La jalousie, le dépit et la rage se joignant à la haine qu'il avait déjà pour lui firent dans son âme tout ce qu'on peut imaginer de plus violent, et il eût donné sur l'heure quelque marque sanglante de son désespoir si la dissimulation qui lui était naturelle ne fût venue à son secours, et ne l'eût obligé, par des raisons puissantes, en l'état qu'étaient les choses, à ne rien entreprendre contre le duc de Guise. Il ne put toutefois se refuser le plaisir de lui apprendre qu'il savait les secrets de son amour et, l'abordant en sortant de la salle où l'on avait dansé : « C'est trop, lui dit-il, d'oser lever les yeux jusqu'à ma sœur et de m'ôter ma maîtresse[1]. La considération du roi m'empêche d'éclater, mais souvenez-vous

---

1. Au sens de femme aimée, sans nécessairement impliquer de relations sexuelles (« amant » est utilisé plus loin de la même manière).

que la perte de votre vie sera peut-être la moindre chose dont je punirai quelque jour votre té-
mérité. »

La fierté du duc de Guise n'était pas accoutumée à de telles menaces. Il ne put néanmoins y
répondre parce que le roi, qui sortait en ce moment, les y appela tous deux. Mais elles gravèrent
dans son cœur un désir de vengeance qu'il travailla toute sa vie à satisfaire. Dès le même soir le
duc d'Anjou lui rendit toutes sortes de mauvais
offices auprès du roi. Il lui persuada que jamais
Madame ne consentirait à son mariage que l'on
proposait alors avec le roi de Navarre[1], tant que
l'on souffrirait que le duc de Guise l'approchât, et
qu'il était honteux que ce duc, pour satisfaire sa
vanité, apportât de l'obstacle à une chose qui devait donner la paix à la France.

Le roi avait déjà assez d'aigreur contre le duc
de Guise et ce discours l'augmenta si fort que le
lendemain, le roi voyant ce duc qui se présentait
pour entrer au bal chez la reine, paré d'un nombre infini de pierreries mais plus paré encore de sa
bonne mine, il se mit à l'entrée de la porte, et lui
demanda brusquement où il allait. Le duc sans
s'étonner lui dit qu'il venait pour lui rendre ses
très humbles services, à quoi le roi répliqua qu'il

---

1. Les projets de mariage entre Marguerite de Valois et
Henri de Bourbon, roi de Navarre, devaient trouver leur dé-
nouement en 1572. Il en sera question plus loin.

n'avait pas besoin de ceux qu'il lui rendait et se tourna sans le regarder. Le duc de Guise ne laissa pas d'entrer dans la salle, outré dans le cœur et contre le roi et contre le duc d'Anjou, et par une manière de dépit, il s'approcha beaucoup plus de Madame qu'il n'avait accoutumé, joint que ce que lui avait dit le duc d'Anjou de la princesse de Montpensier l'empêchait de jeter les yeux sur elle. Le duc d'Anjou les observait soigneusement l'un et l'autre et les yeux de cette princesse laissaient voir malgré elle quelque chagrin lorsque le duc de Guise parlait à Madame. Le duc d'Anjou, qui avait compris par ce qu'elle lui avait dit en le prenant pour ce duc qu'elle en avait de la jalousie, espéra de les brouiller, et, se mettant auprès d'elle : « C'est pour votre intérêt plutôt que pour le mien, madame, lui dit-il, que je m'en vais vous apprendre que le duc de Guise ne mérite pas que vous l'ayez choisi à mon préjudice. Ne m'interrompez pas, je vous prie, pour me dire le contraire d'une vérité que je ne sais que trop. Il vous trompe, madame, et vous sacrifie à ma sœur comme il vous la sacrifie. C'est un homme qui n'est capable que d'ambition, mais puisqu'il a eu le bonheur de vous plaire, c'est assez ; je ne m'opposerai point à une fortune que je méritais sans doute mieux que lui, mais je m'en rendrais indigne si je m'opiniâtrais davantage à la conquête d'un cœur qu'un autre possède. C'est trop de n'avoir pu attirer que votre indifférence : je ne veux pas y faire succéder la haine en vous importunant plus longtemps de la plus fidèle passion qui fut jamais. » Le duc d'Anjou, qui était effectivement touché d'amour et de douleur, put à peine achever ces paroles, et, quoiqu'il eût commencé son discours dans un esprit de dépit et de vengeance, il s'attendrit en considérant la beauté de cette princesse et la perte qu'il faisait en perdant l'espérance d'en être aimé. De sorte que, sans attendre sa réponse, il sortit du bal feignant de se trouver mal et s'en alla chez lui rêver à son malheur.

La princesse de Montpensier demeura affligée et troublée, comme on se le peut imaginer ; de voir sa réputation et le secret de sa vie entre les mains d'un prince qu'elle avait maltraité et d'apprendre par lui, sans pouvoir en douter, qu'elle était trompée par son amant étaient des choses peu capables de lui laisser la liberté d'esprit que demandait un lieu destiné à la joie. Il fallut pourtant y demeurer, et aller souper ensuite chez la duchesse de Montpensier sa belle-mère, qui la mena avec elle. Le duc de Guise, qui mourait d'impatience de lui conter ce que lui avait dit le duc d'Anjou, la suivit chez sa sœur, mais quel fut son étonnement lorsque, voulant parler à cette belle princesse, il trouva qu'elle n'ouvrit la bouche que pour lui faire des reproches épouvantables, que le dépit lui faisait faire si confusément qu'il n'y pouvait rien comprendre, sinon qu'elle l'accusait d'infidélité et de trahison. Désespéré de trouver

une si grande augmentation de douleur où il avait
espéré de se consoler de toutes les siennes, et aimant
cette princesse avec une passion qui ne pouvait
plus le laisser vivre dans l'incertitude d'en être
aimé, il se détermina tout d'un coup. « Vous serez
satisfaite, madame, lui dit-il. Je m'en vais faire
pour vous ce que toute la puissance royale n'aurait
pu obtenir de moi. Il m'en coûtera ma fortune,
mais c'est peu de chose pour vous satisfaire. » Et
sans demeurer davantage chez la duchesse sa sœur,
il s'en alla trouver à l'heure même les cardinaux ses
oncles et, sur le prétexte du mauvais traitement
qu'il avait reçu du roi, il leur fit une si grande né-
cessité pour sa fortune à ôter la pensée qu'on avait
qu'il prétendait épouser Madame, qu'il les obligea
à conclure son mariage avec la princesse de Portien[1], dont on avait déjà parlé, ce qui fut conclu
et publié dès le lendemain.

Tout le monde fut surpris de ce mariage, et la
princesse de Montpensier en fut touchée de joie
et de douleur. Elle fut bien aise de voir par là le
pouvoir qu'elle avait sur le duc de Guise, et elle
fut fâchée en même temps de lui avoir fait abandonner une chose aussi avantageuse que le mariage de Madame.

Le duc de Guise, qui voulait que l'amour le ré-
compensât de ce qu'il perdait du côté de la fortune,
pressa la princesse de lui donner une audience

1. Veuve, elle épousa le duc de Guise en 1570.

particulière, pour s'éclairer des reproches injustes qu'elle lui avait faits. Il obtint qu'elle se trouverait chez la duchesse de Montpensier sa sœur à une heure que la duchesse n'y serait pas, et qu'ils s'y rencontreraient. Cela fut exécuté comme il l'avait résolu. Le duc de Guise eut la joie de se pouvoir jeter à ses pieds, de lui parler en liberté de sa passion, et de lui dire ce qu'il avait souffert de ses soupçons. La princesse ne pouvait s'ôter de l'esprit ce que lui avait dit le duc d'Anjou, quoique le procédé du duc de Guise la dût absolument rassurer. Elle lui apprit le juste sujet qu'elle avait de croire qu'il l'avait trahie puisque le duc d'Anjou savait ce qu'il ne pouvait avoir appris que de lui. Le duc de Guise savait par où se défendre, et était aussi embarrassé que la princesse de Montpensier à deviner ce qui avait pu découvrir leur intelligence.

Enfin, dans la suite de leur conversation, cette princesse lui faisant voir qu'il avait eu tort de précipiter son mariage avec la princesse de Portien et d'abandonner celui de Madame, qui était si avantageux, elle lui dit qu'il pouvait bien juger qu'elle n'en eût eu aucune jalousie, puisque le jour du ballet, elle-même l'avait conjuré de n'avoir des yeux que pour Madame. Le duc de Guise lui dit qu'elle avait eu intention de lui faire ce commandement, mais que sa bouche ne l'avait pas exécuté. La princesse lui soutint le contraire. Enfin, à force de disputer et d'approfondir, ils trouvèrent qu'il fallait qu'elle se fût trompée dans la ressemblance des habits, et qu'elle-même eût appris au duc d'Anjou ce qu'elle accusait le duc de Guise de lui avoir dit.

Le duc de Guise, qui était presque justifié dans son esprit par son mariage, le fut entièrement par cette conversation. Cette belle princesse ne put refuser son cœur à un homme qui l'avait possédé autrefois et qui venait de tout abandonner pour elle. Elle consentit donc à recevoir ses vœux et lui permit de croire qu'elle n'était pas insensible à sa passion.

L'arrivée de la duchesse de Montpensier sa belle-mère finit cette conversation, et empêcha le duc de Guise de lui faire voir les transports de sa joie. Peu après, la cour s'en alla à Blois, où la princesse de Montpensier la suivit. Le mariage de Madame avec le roi de Navarre y fut conclu, et le duc de Guise, qui ne connaissait plus de grandeur ni de bonne fortune que celle d'être aimé de la princesse, vit avec joie la conclusion de ce mariage qui l'aurait comblé de douleur dans un autre temps. Il ne pouvait si bien cacher son amour que la jalousie du prince de Montpensier n'en entrevît quelque chose, et, n'étant plus maître de son inquiétude, il ordonna à la princesse sa femme de s'en aller à Champigny pour se guérir de ses soupçons.

Ce commandement lui fut bien rude, mais il fallait l'exécuter. Elle trouva moyen de dire adieu

en particulier au duc de Guise, mais elle se trouva
bien embarrassée à lui donner des moyens sûrs
pour lui écrire. Enfin, après avoir bien cherché,
elle jeta les yeux sur le comte de Chabannes,
qu'elle comptait toujours pour son ami, sans considérer qu'il était son amant. Le duc de Guise, qui
savait à quel point le comte était ami du prince de
Montpensier, fut épouvanté qu'elle le choisît
pour son confident, mais elle lui répondit si bien
de sa fidélité qu'elle le rassura, et ce duc se sépara
d'elle avec toute la douleur que peut causer l'absence d'une personne que l'on aime passionnément. Le comte de Chabannes, qui avait toujours
été malade chez lui pendant le séjour de la princesse de Montpensier à la cour, sachant qu'elle
s'en allait à Champigny, la vint trouver sur le
chemin pour s'y en aller avec elle. Il fut d'abord
charmé de la joie que lui témoigna cette princesse
de le voir, et plus encore de l'impatience qu'elle
avait de le pouvoir entretenir. Mais quel fut son
étonnement et sa douleur quand il trouva que
cette impatience n'allait qu'à lui conter qu'elle
était passionnément aimée du duc de Guise et
qu'elle ne l'aimait pas moins ! Sa douleur ne lui
permit pas de répondre ; mais cette princesse, qui
était pleine de sa passion et qui trouvait un soulagement extrême à lui en parler, ne prit pas garde
à son silence, et se mit à lui conter jusques aux
plus petites circonstances de son aventure et lui
dit comme le duc de Guise et elle étaient conve-

nus de recevoir leurs lettres par son moyen. Ce fut le dernier coup pour le comte de Chabannes de voir que sa maîtresse voulait qu'il servît son rival, et qu'elle lui en faisait la proposition comme d'une chose naturelle, sans envisager le supplice où elle l'exposait. Il était si absolument maître de lui-même qu'il lui cacha tous ses sentiments et lui témoigna seulement la surprise où il était de voir en elle un si grand changement. Il espéra d'abord que ce changement, qui lui ôtait toute espérance, lui ôterait infailliblement son amour. Mais il trouva cette princesse si belle, et sa grâce naturelle si augmentée par celle que lui avait donnée l'air de la cour, qu'il sentit qu'il l'aimait plus que jamais. Toutes les confidences qu'elle lui faisait sur la tendresse et sur la délicatesse de ses sentiments pour le duc de Guise lui faisaient voir le prix du cœur de cette princesse et lui donnaient un violent désir de le posséder. Comme sa passion était la plus extraordinaire du monde, elle produisit l'effet du monde le plus extraordinaire aussi, car elle le fit résoudre de porter à sa maîtresse les lettres de son rival.

L'absence du duc de Guise donnait un chagrin mortel à la princesse de Montpensier, et, n'espérant de soulagement que par ses lettres, elle tourmentait incessamment le comte de Chabannes pour savoir s'il n'en recevait point, et se prenait quasi à lui de n'en avoir pas assez tôt. Enfin il en reçut par un gentilhomme exprès et il les lui apporta à l'heure même, pour ne lui retarder pas sa joie d'un moment.

La joie qu'elle eut de les recevoir fut extrême ; elle ne prit pas le soin de la lui cacher, et lui fit avaler à longs traits tout le poison imaginable en lui lisant ses lettres, et la réponse tendre et galante qu'elle y faisait. Il porta cette réponse au gentil-homme avec autant de fidélité qu'il avait fait la lettre, mais encore avec plus de douleur. Il se consola pourtant un peu dans la pensée que cette princesse ferait quelque réflexion sur ce qu'il faisait pour elle, et qu'elle lui en témoignerait de la reconnaissance, mais la trouvant tous les jours plus rude pour lui par le chagrin qu'elle avait d'ailleurs, il prit la liberté de la supplier de penser un peu à ce qu'elle lui faisait souffrir. La princesse, qui n'avait dans la tête que le duc de Guise et qui ne trouvait que lui digne d'être adoré, trouva si mauvais qu'un autre mortel osât encore penser à elle qu'elle maltraita bien plus le comte de Chabannes qu'elle n'avait fait la première fois qu'il lui avait parlé de son amour.

Ce comte, dont la passion et la patience étaient aux dernières épreuves, sortit en même temps d'auprès d'elle et de Champigny et s'en alla chez un de ses amis dans le voisinage, d'où il lui écrivit avec toute la rage que pouvait causer son pro-cédé, mais néanmoins avec tout le respect qui était dû à sa qualité, et par sa lettre, il lui disait un éternel adieu.

La princesse commença à se repentir d'avoir si peu ménagé un homme sur qui elle avait tant de pouvoir, et ne pouvant se résoudre à le perdre à cause de l'amitié qu'elle avait pour lui et par l'intérêt de son amour pour le duc de Guise où il lui était nécessaire, elle lui manda qu'elle voulait absolument lui parler encore une fois et puis qu'elle le laisserait libre de faire ce qu'il voudrait. L'on est bien faible quand l'on est amoureux. Le comte revint, et en une heure la beauté de la princesse de Montpensier, son esprit et quelques paroles obligeantes le rendirent plus soumis qu'il n'avait jamais été, et il lui donna même des lettres du duc de Guise qu'il venait de recevoir.

Pendant ce temps, l'envie qu'on eut à la cour d'y faire revenir les chefs du parti huguenot pour cet horrible dessein qu'on exécuta le jour de Saint-Barthélemy fit que le roi, pour les mieux tromper, éloigna de lui tous les princes de la maison de Bourbon et tous ceux de la maison de Guise. Le prince de Montpensier s'en revint à Champigny pour achever d'accabler la princesse sa femme par sa présence, et tous ceux de Guise s'en allèrent à la campagne, chez le cardinal de Lorraine leur oncle. L'amour et l'oisiveté mirent dans l'esprit du duc de Guise un si violent désir de voir la princesse de Montpensier que, sans considérer ce qu'il hasardait pour elle et pour lui, il feignit un voyage, et, laissant tout son train[1]

---

1. Les hommes et les bêtes qui l'accompagnent.

dans une petite ville, il prit avec lui ce seul gentilhomme qui avait déjà fait plusieurs voyages à
Champigny et il s'y en alla en poste[1]. Comme il
n'avait point d'autre adresse que celle du comte
de Chabannes, il lui fit écrire un billet par ce
même gentilhomme, qui le priait de le venir trouver
en un lieu qu'il lui marquait. Le comte de Chabannes, croyant seulement que c'était pour recevoir les lettres du duc de Guise, alla trouver le
gentilhomme, mais il fut étrangement surpris
quand il vit le duc de Guise, et n'en fut pas moins
affligé. Ce duc, occupé de son dessein, ne prit
non plus garde à l'embarras du comte que la princesse de Montpensier avait fait à son silence
lorsqu'elle lui avait conté son amour, et il se mit
à lui exagérer sa passion et à lui faire comprendre
qu'il mourrait infailliblement s'il ne lui faisait obtenir de la princesse la permission de la voir.

Le comte de Chabannes lui répondit seulement
qu'il dirait à cette princesse tout ce qu'il souhaitait, et qu'il viendrait lui en rendre réponse. Le
comte de Chabannes reprit le chemin de Champigny, combattu de ses propres sentiments avec
une violence qui lui ôtait quelquefois toute sorte
de connaissance. Souvent il résolvait de renvoyer
le duc de Guise, sans le dire à la princesse de
Montpensier. Mais la fidélité exacte qu'il lui avait
promise changeait sa résolution. Il arriva à Cham-

1. À cheval ou en voiture ordinaire, et non dans l'équipage
d'un grand seigneur.

pigny sans savoir ce qu'il devait faire, et, apprenant que le prince de Montpensier était à la chasse, il alla droit à l'appartement de la princesse qui, le voyant avec toutes les marques d'une violente agitation, fit retirer aussitôt ses femmes pour savoir le sujet de ce trouble. Il lui dit, se modérant le plus qu'il lui fut possible, que le duc de Guise était à une lieue de Champigny, qui demandait à la voir. La princesse fit un grand cri à cette nouvelle, et son embarras ne fut guère moindre que celui du comte. Son amour lui présenta d'abord la joie qu'elle aurait de voir un homme qu'elle aimait si tendrement. Mais quand elle pensa combien cette action était contraire à sa vertu et qu'elle ne pouvait voir son amant qu'en le faisant entrer la nuit chez elle à l'insu de son mari, elle se trouva dans une extrémité épouvantable. Le comte attendait sa réponse comme une chose qui allait décider de sa vie ou de sa mort, mais, jugeant de son incertitude par son silence, il prit la parole pour lui représenter tous les périls où elle s'exposerait par cette entrevue, et, voulant lui faire voir qu'il ne tenait pas ce discours pour ses intérêts, il lui dit : « Si, après tout ce que je viens de représenter, madame, votre passion est la plus forte, et que vous vouliez voir le duc de Guise, que ma considération ne vous en empêche point, si celle de votre intérêt ne le fait pas. Je ne veux point priver de sa satisfaction une personne que j'adore ou être cause qu'elle cherche des personnes moins fidèles que moi pour se la procurer.

« Oui, madame, si vous voulez, je vais quérir le duc de Guise dès ce soir, car il est trop périlleux de le laisser longtemps où il est, et je l'amènerai dans votre appartement. — Mais par où et comment ? interrompit la princesse. — Ah ! madame, s'écria le comte, c'en est fait, puisque vous ne délibérez plus que sur les moyens. Il viendra, madame, ce bienheureux ; je l'amènerai par le parc. Donnez ordre seulement à celle de vos femmes à qui vous vous fiez qu'elle baisse le petit pont-levis qui donne de votre antichambre dans le parterre, précisément à minuit, et ne vous inquiétez pas du reste. »

En achevant ces paroles, le comte de Chabannes se leva, et, sans attendre d'autre consentement de la princesse de Montpensier, il remonta à cheval et vint trouver le duc de Guise, qui l'attendait avec une violente impatience. La princesse de Montpensier demeura si troublée qu'elle demeura quelque temps sans revenir à elle. Son premier mouvement fut de faire rappeler le comte de Chabannes pour lui défendre d'amener le duc de Guise, mais elle n'en eut pas la force, et elle pensa que, sans le rappeler, elle n'avait qu'à ne point faire abaisser le pont. Elle crut qu'elle continuerait dans cette résolution, mais quand onze heures approchèrent, elle ne put résister à l'envie de voir un amant qu'elle croyait si digne d'elle, et instrui-

sit une de ses femmes de tout ce qu'il fallait faire
pour introduire le duc de Guise dans son appartement.

Cependant ce duc et le comte de Chabannes
approchaient de Champigny dans un état bien
différent. Le duc abandonnait son âme à la joie et
à tout ce que l'espérance inspire de plus agréable,
et le comte s'abandonnait à un désespoir et à une
rage qui le poussa mille fois à donner de son épée
au travers du corps de son rival.

Enfin ils arrivèrent au parc de Champigny et
laissèrent leurs chevaux à l'écuyer du duc de Guise
et, passant par des brèches qui étaient aux mu-
railles, ils vinrent dans le parterre. Le comte de
Chabannes, au milieu de son désespoir, avait
conservé quelque rayon d'espérance que la princesse de Montpensier aurait fait revenir sa raison
et qu'elle se serait résolue à ne point voir le duc
de Guise. Quand il vit le petit pont abaissé, ce fut
alors qu'il ne put douter de rien, et ce fut aussi
alors qu'il fut tout prêt à se porter aux dernières
extrémités. Mais venant à penser que, s'il faisait
du bruit, il serait ouï apparemment du prince de
Montpensier, dont l'appartement donnait sur le
même parterre, et que tout ce désordre tomberait
ensuite sur la princesse de Montpensier, sa rage se
calma à l'heure même, et il acheva de conduire le
duc de Guise aux pieds de sa princesse, et il ne
put se résoudre à être témoin de leur conversation
quoique la princesse lui témoignât le souhaiter, et

qu'il l'eût bien souhaité lui-même. Il se retira dans un petit passage qui regardait du côté de l'appartement du prince de Montpensier, ayant dans l'esprit les plus tristes pensées qui aient jamais occupé l'esprit d'un amant.

Cependant, quelque peu de bruit qu'ils eussent fait en passant sur le pont, le prince de Montpensier qui, par malheur, était éveillé dans ce moment, l'entendit, et fit lever un de ses valets de chambre pour voir ce que c'était. Le valet de chambre mit la tête à la fenêtre, et, au travers de l'obscurité de la nuit, il aperçut que le pont était abaissé, et en avertit son maître qui lui commanda en même temps d'aller dans le parc voir ce que ce pouvait être, et un moment après il se leva lui-même, étant inquiet de ce qu'il lui semblait avoir ouï marcher, et s'en vint droit à l'appartement de la princesse sa femme, où il savait que le pont venait répondre. Dans le moment qu'il approchait de ce petit passage où était le comte de Chabannes, la princesse de Montpensier, qui avait quelque honte de se trouver seule avec le duc de Guise, pria plusieurs fois le comte d'entrer dans sa chambre ; il s'en excusa toujours, et comme elle l'en pressait davantage, possédé de rage et de fureur, il lui répondit si haut qu'il fut ouï du prince de Montpensier, mais si confusément qu'il entendit seulement la voix d'un homme, sans distinguer celle du comte. Une pareille aventure eût donné de l'emportement à un esprit plus tran-

quille et moins jaloux. Aussi mit-elle d'abord l'excès de la rage et de la fureur dans celui du prince,
qui heurta aussitôt à la porte avec impétuosité et,
criant pour se faire ouvrir, il donna la plus cruelle
surprise qui ait jamais été à la princesse, au duc de
Guise et au comte de Chabannes.

Ce dernier, entendant la voix du prince, vit
d'abord qu'il était impossible qu'il n'eût vu
quelqu'un dans la chambre de la princesse sa femme,
et la grandeur de sa passion lui montrant en un
moment que si le duc de Guise était trouvé,
Mme de Montpensier aurait la douleur de le voir
tuer à ses yeux et que la vie même de cette princesse ne serait pas en sûreté, il se résolut, par une
générosité sans exemple, de s'exposer pour sauver
une maîtresse ingrate et un rival aimé, et, pendant
que le prince de Montpensier donnait mille coups
à la porte, il vint au duc de Guise qui ne savait
quelle résolution prendre, et le mit entre les mains
de cette femme de Mme de Montpensier qui
l'avait fait entrer pour le faire ressortir par le
même pont, pendant qu'il s'exposerait à la fureur
du prince.

À peine le duc était-il sorti par l'antichambre
que le prince, ayant enfoncé la porte du passage,
entra comme un homme possédé de fureur et qui
cherchait des yeux sur qui la faire éclater. Mais
quand il ne vit que le comte de Chabannes et qu'il
le vit appuyé sur la table, avec un visage où la
tristesse était peinte, et comme immobile, il de-

meura immobile lui-même et la surprise de trouver dans la chambre de sa femme l'homme qu'il aimait le mieux et qu'il aurait le moins cru y trouver le mit hors d'état de pouvoir parler.

La princesse était à demi évanouie sur les carreaux[1], et jamais peut-être la fortune n'a mis trois personnes en des états si violents.

Enfin le prince de Montpensier, qui ne croyait pas voir ce qu'il voyait et qui voulait éclaircir ce chaos où il venait de tomber, adressant la parole au comte d'un ton qui faisait voir que l'amitié combattait encore pour lui : « Que vois-je, lui dit-il, est-ce une illusion ou une vérité ? Est-il possible qu'un homme que j'ai aimé si chèrement choisisse ma femme entre toutes les femmes du monde pour la séduire ? Et vous, madame », dit-il à la princesse se tournant de son côté, « n'était-ce point assez de m'ôter votre cœur et mon honneur sans m'ôter le seul homme qui me pourrait consoler de ces malheurs ? Répondez-moi l'un ou l'autre, leur dit-il, et éclaircissez-moi d'une aventure que je ne puis croire telle qu'elle me paraît. » La princesse n'était pas capable de répondre, et le comte de Chabannes ouvrit plusieurs fois la bouche sans pouvoir parler. « Je suis criminel à votre égard, lui dit-il, et enfin indigne de l'amitié que vous avez eue pour moi, mais ce n'est pas de la manière que vous pouvez vous

1. Coussins.

l'imaginer : je suis plus malheureux que vous, s'il se peut, et plus désespéré. Je ne saurais vous en dire davantage ; ma mort vous vengera, et si vous me la voulez donner tout à l'heure, vous me donnerez la seule chose qui peut m'être agréable. »

Ces paroles prononcées avec une douleur mortelle et avec un air qui marquait son innocence, au lieu d'éclaircir le prince de Montpensier, lui persuadaient encore plus qu'il y avait quelque mystère dans cette aventure qu'il ne pouvait démêler, et, son désespoir s'augmentant par cette incertitude : « Ôtez-moi la vie vous-même, lui dit-il, ou tirez-moi du désespoir où vous me mettez : c'est la moindre chose que vous devez à l'amitié que j'ai eue pour vous, et à la modération qu'elle me fait encore garder, puisque tout autre que moi aurait déjà vengé sur votre vie un affront dont je ne puis quasi douter. — Les apparences sont bien fausses, interrompit le comte. — Ah ! c'est trop, répliqua le prince de Montpensier, il faut que je me venge, puis je m'éclaircirai à loisir. » Et disant ces paroles, il s'approcha du comte de Chabannes avec l'action d'un homme emporté de rage, et la princesse, craignant un malheur, qui ne pouvait pourtant pas arriver, le prince son mari n'ayant point d'épée, se leva pour se mettre entre deux.

La faiblesse où elle était la fit succomber à cet effort et, en approchant de son mari, elle tomba évanouie à ses pieds. Le prince fut encore touché de la voir en cet état aussi bien que de la tranquillité où le comte était demeuré quand il s'était approché de lui et, ne pouvant plus soutenir la vue de ces deux personnes qui lui donnaient des mouvements si opposés, il tourna la tête de l'autre côté, et se laissa tomber sur le lit de sa femme, accablé d'une douleur incroyable. Le comte de Chabannes, pénétré de repentir d'avoir abusé d'une amitié dont il recevait tant de marques, et ne trouvant pas qu'il pût jamais réparer ce qu'il venait de faire, sortit brusquement de la chambre et, passant par l'appartement du prince dont il trouva les portes ouvertes, descendit dans la cour, se fit donner des chevaux, et s'en alla par la campagne guidé par son seul désespoir. Cependant le prince de Montpensier, qui voyait que la princesse ne revenait point de son évanouissement, la laissa entre les mains de ses femmes, et se retira dans sa chambre avec une douleur mortelle.

Le duc de Guise, qui était ainsi sorti brusquement du parc, sans savoir quasi ce qu'il faisait tant il était troublé, s'éloigna de Champigny de quelques lieues, mais il ne put s'éloigner davantage sans savoir des nouvelles de la princesse. Il s'arrêta dans une forêt et envoya son écuyer pour apprendre du comte de Chabannes ce qui était arrivé de cette terrible aventure.

L'écuyer ne trouva point le comte de Chabannes, et il sut seulement qu'on disait que la princesse était extrêmement malade. L'inquiétude du duc de Guise ne fut qu'augmentée par ce qu'il apprit de son écuyer ; mais, sans la pouvoir soulager, il fut contraint de s'en retourner trouver ses oncles, pour ne pas donner du soupçon par un plus long voyage.

L'écuyer du duc de Guise lui avait rapporté la vérité en lui disant que Mme de Montpensier était extrêmement malade. Car il était vrai que, sitôt que ses femmes l'eurent mise dans son lit, la fièvre lui prit si violente et avec des rêveries si horribles que dès le second jour l'on craignit pour sa vie. Le prince son mari feignit d'être malade pour empêcher qu'on ne s'étonnât de ce qu'il n'entrait point dans sa chambre.

L'ordre qu'il reçut de s'en retourner à la cour, où l'on rappelait tous les princes catholiques pour exterminer les huguenots, le tira de l'embarras où il était. Il s'en alla à Paris, ne sachant ce qu'il avait à souhaiter ou à craindre du mal de la princesse sa femme. Il n'y fut pas sitôt arrivé qu'on commença d'attaquer les huguenots en la personne d'un de leurs chefs, l'amiral de Châtillon, et deux jours après l'on en fit cet horrible massacre si renommé par toute l'Europe.

Le pauvre comte de Chabannes, qui s'était venu cacher dans l'extrémité de l'un des faubourgs de Paris pour s'abandonner à sa douleur, fut enveloppé dans la ruine des huguenots. Les personnes chez qui il s'était retiré l'ayant reconnu et s'étant souvenues qu'on l'avait soupçonné d'être de ce parti le massacrèrent cette même nuit qui fut si funeste à tant de gens.

Le matin, le prince de Montpensier allant donner quelques ordres hors de la ville passa dans la même rue où était le corps de Chabannes. Il fut d'abord saisi d'étonnement à ce pitoyable spectacle. Ensuite, son amitié se réveillant lui donna de la douleur ; mais enfin le souvenir de l'offense qu'il croyait en avoir reçue lui donna de la joie, et il fut bien aise de se voir vengé par la fortune.

Le duc de Guise, occupé du désir de venger la mort de son père et, peu après, joyeux de l'avoir vengée, laissa peu à peu s'éloigner de son âme le soin d'apprendre des nouvelles de la princesse de Montpensier, et trouvant la marquise de Noirmoutiers, personne de beaucoup d'esprit et de beauté et qui donnait plus d'espérance que cette princesse, il s'y attacha entièrement, et l'aima avec cette passion démesurée qui lui dura jusqu'à la mort.

Cependant, après que la violence du mal de Mme de Montpensier fut venue au dernier point, il commença à diminuer. La raison lui revint, et, se trouvant un peu soulagée par l'absence du prince son mari, elle donna quelque espérance de sa vie. Sa santé revenait pourtant avec grand-peine par le mauvais état de son esprit, qui fut travaillé de nouveau, se souvenant de n'avoir eu aucunes nouvelles du duc de Guise pendant toute sa maladie. Elle s'enquit de ses femmes si elles n'avaient point de lettres, et, ne trouvant rien de ce qu'elle eût souhaité, elle se trouva la plus malheureuse du monde d'avoir tout hasardé pour un homme qui l'abandonnait.

Ce lui fut encore un nouvel accablement d'apprendre la mort du comte de Chabannes, qu'elle sut bientôt par les soins du prince son mari.

L'ingratitude du duc de Guise lui fit sentir plus vivement la perte d'un homme dont elle connaissait si bien la fidélité. Tant de déplaisirs si pressants la remirent bientôt dans un état aussi dangereux que celui dont elle était sortie, et comme Mme de Noirmoutiers était une personne qui prenait autant de soin de faire éclater ses galanteries que les autres de les cacher, celles de M. de Guise et d'elle étaient si publiques que, tout éloignée et malade qu'était la princesse de Montpensier, elle l'apprit de tant de côtés qu'elle n'en put douter.

Ce fut le coup mortel pour sa vie. Elle ne put résister à la douleur d'avoir perdu l'estime de son mari, le cœur de son amant et le plus parfait ami qui fut jamais. Elle mourut peu de jours après, dans la fleur de son âge, une des plus belles princesses du monde et qui aurait été la plus heureuse si la vertu et la prudence eussent conduit toutes ses actions.

Histoire
de la comtesse de Tende

Mlle de Strozzi, fille du maréchal et proche parente de Catherine de Médicis, épousa, la première année de la régence de cette reine[1], le comte de Tende de la maison de Savoie, riche, bien fait, plus propre à se faire estimer qu'à plaire, le seigneur de la cour qui vivait avec le plus d'éclat. Sa femme néanmoins l'aima d'abord avec passion. Elle était fort jeune ; il ne la regarda que comme une enfant, et il fut bientôt amoureux d'une autre. La comtesse de Tende, vive, et d'une race italienne, devint jalouse ; elle ne se donnait point de repos et n'en laissait point à son mari ; il évita sa présence et ne vécut plus avec elle comme l'on vit avec sa femme.

1. La nouvelle commence en 1560. L'intrigue sentimentale imaginée par Mme de Lafayette est toutefois éloignée de la réalité : connue pour sa vertu, Clarice Strozzi, comtesse de Tende, périt noyée en 1564 ; remarié, le comte de Tende fut empoisonné sur ordre du roi pour avoir refusé de faire massacrer les protestants en Provence, dont il était gouverneur.

La beauté de la comtesse augmenta ; elle fit paraître beaucoup d'esprit ; le monde la regarda avec admiration ; elle fut occupée d'elle-même et guérit insensiblement de sa jalousie et de sa passion.

Elle devint l'amie intime de la princesse de Neuchâtel, jeune, belle et veuve du prince de ce nom, qui lui avait laissé cette souveraineté qui la rendait le parti de la cour le plus élevé et le plus brillant.

Le chevalier de Navarre, descendu des anciens souverains de ce royaume, était aussi alors jeune, beau, plein d'esprit et d'élévation ; mais la fortune ne lui avait pas donné d'autre bien que la naissance. Il jeta les yeux sur la princesse de Neuchâtel, dont il connaissait l'esprit, comme sur une personne capable d'un attachement violent et propre à faire la fortune d'un homme comme lui. Dans cette vue, il s'attacha à elle sans en être amoureux et attira son inclination : il en fut souffert, mais il se trouva encore fort éloigné du succès qu'il désirait.

Son dessein était ignoré de tout le monde ; un seul de ses amis avait sa confidence et cet ami était aussi ami intime du comte de Tende. Il fit consentir le chevalier de Navarre à confier son secret au comte, dans la vue qu'il l'engagerait à le servir auprès de la princesse de Neuchâtel.

Le comte de Tende aimait déjà le chevalier de Navarre ; il en parla à sa femme, pour qui il commençait à avoir plus de considération, et l'obligea, en effet, de faire ce qu'on désirait. La princesse de Neuchâtel lui avait déjà fait confidence de son inclination pour le chevalier de Navarre ; cette comtesse la fortifia.

Le chevalier la vint voir, il prit des liaisons et des mesures[1] avec elle ; mais, en la voyant, il prit aussi pour elle une passion violente, mais il ne s'y abandonna pas tout d'abord. Il vit les obstacles que des sentiments partagés entre l'amour et l'ambition apporteraient à son dessein ; il résista, mais, pour réussir, il ne fallait pas voir souvent la princesse de Neuchâtel ; ainsi, il devint éperdument amoureux de la comtesse.

Il ne put cacher entièrement sa passion ; elle s'en aperçut ; son amour-propre en fut flatté ; elle sentit une inclination violente pour lui.

Un jour, comme elle lui parlait de la grande fortune d'épouser la princesse de Neuchâtel, il lui dit en la regardant d'un air où sa passion était entièrement déclarée : « Et croyez-vous, madame, qu'il n'y ait point de fortune que je préférasse à celle d'épouser cette princesse ? »

La comtesse de Tende fut frappée des regards et des paroles du chevalier ; elle le regardait, et il y eut un trouble et un silence entre eux plus parlant que les paroles.

Depuis ce jour, la comtesse fut dans une agitation qui lui ôta le repos ; elle sentit le remords

---

1. Prendre des liaisons et des mesures : établir des relations.

d'ôter à son amie intime le cœur d'un homme qu'elle allait épouser uniquement pour en être aimée, qu'elle épousait avec l'improbation[1] de tout le monde, et aux dépens de son élévation.

Cette trahison lui fit horreur. La honte et les malheurs d'une galanterie se présentèrent à son esprit ; elle vit l'abîme où elle se précipitait et elle résolut de l'éviter. Elle tint mal ses résolutions.

La princesse était presque déterminée à épouser le chevalier de Navarre ; néanmoins, elle n'était pas contente de la passion qu'il avait pour elle et, au travers de celle qu'elle avait pour lui et du soin qu'il prenait de la tromper, elle démêlait la tiédeur de ses sentiments.

Elle s'en plaignit à la comtesse de Tende. Cette comtesse la rassura ; mais les plaintes de Mme de Neuchâtel achevèrent de troubler la comtesse, elles lui firent voir l'étendue de sa trahison, qui coûterait peut-être la fortune de son amant.

Elle l'avertit des défiances de la princesse de Neuchâtel. Il lui témoigna de l'indifférence pour tout, hors d'être aimé d'elle ; néanmoins, il se contraignit par ses ordres et rassura si bien la princesse de Neuchâtel qu'elle fit voir à la comtesse de Tende qu'elle était entièrement satisfaite du chevalier de Navarre.

La jalousie se saisit alors de la comtesse. Elle craignit que son amant n'aimât véritablement la

---

1. Mot rare et savant : désapprobation.

princesse ; elle vit toutes les raisons qu'il avait de l'aimer.

Leur mariage, qu'elle avait souhaité, lui fit horreur, elle ne voulait pourtant pas qu'il le rompît, et elle se trouvait dans une cruelle incertitude.

Elle laissa voir au chevalier tous ses remords sur la princesse de Neuchâtel ; elle résolut seulement de lui cacher sa jalousie et crut en effet la lui avoir cachée.

La passion de la princesse surmonta enfin ses irrésolutions ; elle se détermina à son mariage et se résolut de le faire secrètement et de ne le déclarer que quand il serait fait. La comtesse de Tende était prête à expirer de douleur.

Le même jour qui fut pris pour le mariage, il y avait une cérémonie publique ; son mari y assista. Elle y envoya toutes ses femmes, elle fit dire qu'on ne la voyait pas et s'enferma dans son cabinet, couchée sur un lit de repos, et abandonnée à tout ce que les remords et la jalousie peuvent avoir de plus douloureux.

Comme elle était dans cet état, elle entendit ouvrir une porte dérobée de son cabinet et vit paraître le chevalier de Navarre, paré, et d'une grâce au-dessus de ce qu'elle l'avait jamais vu. « Chevalier, où allez-vous, s'écria-t-elle, que cherchez-vous ? Avez-vous perdu la raison, qu'est devenu votre mariage, et songez-vous à ma réputation ? — Soyez en repos de votre réputation, lui répondit-il. Personne ne sait que je suis ici. Il n'est pas question de mon mariage, il ne s'agit plus de ma fortune ; il ne s'agit que de votre cœur, madame, et d'être aimé de vous : je renonce à tout le reste. Vous m'avez laissé voir que vous ne me haïssiez pas, mais vous m'avez voulu cacher que je suis assez heureux pour que mon mariage vous fasse de la peine. Je viens vous dire, madame, que j'y renonce, que ce mariage me serait un supplice et que je ne veux vivre que pour vous.

« L'on m'attend à l'heure que je vous parle, tout est prêt, mais je vais tout rompre si, en le rompant, je fais une chose qui vous soit agréable et qui vous prouve ma passion. »

La comtesse se laissa tomber sur son lit de repos, d'où elle s'était levée à demi et, regardant le chevalier avec des yeux pleins d'amour et de larmes : « Vous voulez donc que je meure ? lui dit-elle ; croyez-vous qu'un cœur puisse contenir tout ce que vous me faites sentir ? Quitter à cause de moi la fortune qui vous attend ! Je n'en puis seulement supporter la pensée. Allez à Mme la princesse de Neuchâtel, allez à la grandeur qui vous est destinée : vous aurez mon cœur en même temps. Je ferai de mes remords, de mes incertitudes et de ma jalousie, puisqu'il faut vous l'avouer, tout ce que ma faible raison me conseillera, mais je ne vous verrai jamais si vous n'allez tout à l'heure achever votre mariage. Allez, ne demeurez pas un moment mais, pour l'amour de moi et de vous-même, renoncez à une passion aussi déraisonnable que celle que vous me témoignez, et qui nous conduira peut-être à d'horribles malheurs. »

Le chevalier fut d'abord transporté de joie de se voir si véritablement aimé de la comtesse de Tende, mais l'horreur de se donner à une autre lui revint devant les yeux. Il pleura, il s'affligea, il lui promit tout ce qu'elle voulut, à condition qu'il la verrait encore dans le même lieu.

Elle voulut savoir, avant qu'il sortît, comment il y était entré. Il lui dit qu'il s'était fié à un écuyer qui était à elle, et qui avait été à lui, qu'il l'avait fait passer par la cour des écuries, où répondait le petit degré qui menait à ce cabinet, et qui répondait aussi à la chambre de l'écuyer.

Cependant, l'heure du mariage pressait, et le chevalier, pressé par la comtesse de Tende, fut enfin contraint de s'en aller, mais il alla comme au supplice à la plus grande et à la plus agréable fortune où un cadet sans bien eût jamais été élevé.

La comtesse de Tende passa la nuit comme on se le peut imaginer, agitée par ses inquiétudes. Elle appela ses femmes sur le matin et, peu de temps après que sa chambre fut ouverte, elle vit son écuyer, qui s'appelait Lalande, s'approcher d'elle et mettre une lettre sur son lit sans que personne s'en aperçût.

Cette lettre lui fit battre le cœur, et parce qu'elle la reconnut être du chevalier de Navarre, et parce qu'il était si peu vraisemblable que, pendant cette nuit qui devait être celle des noces, il eût apporté ou il ne fût arrivé quelque obstacle à son mariage. Elle ouvrit la lettre avec beaucoup d'émotion et y trouva à peu près ces mots :

Je ne pense qu'à vous, Madame, je ne suis occupé que de vous, et dans les premiers moments de la possession légitime du plus grand parti de France, à peine le jour commence à paraître que je quitte la chambre où j'ai passé la nuit pour vous dire, Madame, que je me suis déjà repenti mille fois de vous avoir obéi et de n'avoir pas tout abandonné pour ne vivre que pour vous.

Cette lettre, et les moments où elle était écrite, touchèrent sensiblement la comtesse de Tende ; elle alla dîner chez la princesse de Neuchâtel qui l'en avait priée. Son mariage était déclaré. Elle trouva un nombre infini de personnes dans la chambre ; mais, sitôt que cette princesse la vit, elle quitta tout le monde et la pria de passer dans son cabinet.

À peine étaient-elles assises que le visage de la princesse se couvrit de larmes. La comtesse crut que c'était l'effet de la déclaration de son mariage, et qu'elle la trouvait plus difficile à supporter qu'elle ne l'avait imaginé, mais elle vit bientôt qu'elle se trompait. « Ah ! madame, lui dit la princesse, qu'ai-je fait ? J'ai épousé un homme par passion ; j'ai fait un mariage inégal, désapprouvé, qui m'abaisse, et celui que j'ai préféré à tout en aime une autre. »

La comtesse de Tende pensa s'évanouir à ses paroles. Elle crut que la princesse ne pouvait avoir pénétré la passion de son mari sans en avoir aussi démêlé la cause ; elle ne sut que répondre.

La princesse de Navarre, qui fut ainsi appelée depuis son mariage, n'y prit pas garde et, continuant : « M. le prince de Navarre, lui dit-elle, madame, bien loin d'avoir l'impatience que lui devait donner la conclusion de notre mariage, se fit attendre hier au soir. Il vint sans joie, l'esprit occupé et embarrassé ; il est sorti de ma chambre à la pointe du jour sur je ne sais quel prétexte, mais il venait d'écrire : je l'ai connu à ses mains[1]. À qui pouvait-il écrire qu'à une maîtresse, pourquoi se faire attendre, et de quoi avait-il l'esprit embarrassé ? »

L'on vint dans ce moment interrompre cette conversation parce que la princesse de Condé arrivait. La princesse de Navarre alla la voir et la comtesse de Tende demeura hors d'elle-même.

Elle écrivit dès le soir au prince de Navarre pour lui donner avis des soupçons de sa femme et pour l'obliger à se contraindre.

Leur passion ne s'alentit[2] point par les périls et par les obstacles ; la comtesse de Tende n'avait point de repos et le sommeil ne trouvait plus de place dans ses yeux.

---

1. Comprendre : je l'ai deviné en voyant ses mains (tachées d'encre).
2. Rare : ne se ralentit pas.

Un matin, après qu'elle eut appelé ses femmes, Lalande, l'écuyer, s'approcha d'elle et lui dit tout bas que le prince de Navarre était dans son cabinet et qu'il la conjurait instamment qu'il lui pût dire une chose qu'il était absolument nécessaire qu'elle sût.

L'on cède aisément à ce qui plaît. La comtesse de Tende savait que son mari était sorti ; elle dit qu'elle voulait dormir ; elle ordonna à ses femmes de refermer ses portes et de ne point venir qu'elle ne les appelât.

Le prince de Navarre entra par ce cabinet et se jeta à genoux devant son lit. « Qu'avez-vous à me dire ? lui dit-elle. — Que je vous aime, madame, que je vous adore, que je ne saurais vivre avec Mme de Navarre. Le désir de vous voir s'est saisi de moi ce matin avec une telle violence que je n'ai pu y résister. Je suis venu ici au hasard de tout ce qui en pourrait arriver et sans espérer même de vous entretenir. »

La comtesse le gronda d'abord de la commettre[1] si légèrement, et ensuite leur passion les conduisit à une conversation si longue que le comte de Tende revint de la ville.

Il alla à l'appartement de sa femme ; on lui dit qu'elle n'était pas éveillée. Il était tard. Il ne laissa pas d'entrer dans sa chambre et trouva le prince de

---

1. Commettre quelqu'un : « l'exposer à recevoir quelque mortification, quelque déplaisir » (*Dictionnaire de l'Académie*, 1694).

Navarre à genoux devant son lit comme il s'était mis tout d'abord.

Jamais étonnement ne fut pareil à celui du comte de Tende, jamais trouble n'égala celui de sa femme.

Le prince de Navarre conserva seul de la présence d'esprit et sans se troubler ni se lever de sa place : « Venez, venez, dit-il au comte de Tende, m'aider à obtenir une grâce que je demande à genoux et que l'on me refuse. »

Le ton et l'air du prince de Navarre suspendit l'étonnement du comte de Tende. « Je ne sais, lui répondit-il avec le même ton qu'avait parlé le prince, si une grâce que vous demandez à ma femme quand on dit qu'elle dort et que je vous trouve seul avec elle et sans carrosse à ma porte, sera de celles que je souhaiterais qu'elle vous accorde. »

Le prince de Navarre, rassuré et hors de l'embarras du premier moment, se leva, s'assit avec une liberté entière, et la comtesse de Tende, tremblante et éperdue, cacha son trouble par l'obscurité du lieu où elle était.

Le prince de Navarre prit la parole et dit au comte de Tende :

« Je vais vous surprendre, vous m'allez blâmer, mais il faut néanmoins me secourir.

« Je suis amoureux et aimé de la plus aimable personne de la cour ; je me dérobai hier au soir de chez la princesse de Navarre et de tous mes gens pour aller à un rendez-vous où cette personne m'attendait. Ma femme, qui a déjà démêlé que je suis occupé d'autre chose et qui a attention à ma conduite, a su par mes gens que je les avais quittés ; elle est dans une jalousie et un désespoir dont rien n'approche.

« Je lui ai dit que j'avais passé les heures qui lui donnaient de l'inquiétude chez la maréchale de Saint-André qui est incommodée et qui ne voit presque personne, et je lui ai dit que Mme la comtesse de Tende y était seule et qu'elle pouvait lui demander si elle ne m'y avait pas vu tout le soir. J'ai pris le parti de venir me confier à Mme la comtesse. Je suis allé chez La Châtre, qui n'est qu'à trois pas d'ici ; j'en suis sorti sans que mes gens m'aient vu. L'on m'a dit que Madame était éveillée. Je n'ai trouvé personne dans son antichambre et je suis entré hardiment. Elle me refuse de mentir en ma faveur ; elle dit qu'elle ne veut pas trahir son amie et me fait des réprimandes très sages : je me les suis faites à moi-même inutilement. Il faut ôter à Mme de Navarre l'inquiétude et la jalousie où elle est et me tirer du mortel embarras de ses reproches. »

La comtesse de Tende ne fut guère moins surprise de la présence d'esprit du prince de Navarre qu'elle l'avait été de la venue de son mari ; elle se rassura.

Il ne demeura pas le moindre doute au comte de Tende. Il se joignit à sa femme pour faire voir au prince l'abîme des malheurs où il était plongé et ce qu'il devait à cette princesse, et la comtesse de Tende promit de lui dire tout ce que voulait son mari.

Comme il allait sortir, le comte de Tende l'arrêta : « Pour récompense des services que nous vous allons rendre aux dépens de la vérité, apprenez-nous du moins, lui dit-il, quelle est cette aimable maîtresse. Il faut que ce ne soit pas une personne bien estimable de vous aimer et de conserver avec vous un commerce, vous voyant embarqué avec une personne aussi belle que Mme la princesse de Navarre, vous la voyant épouser, et voyant ce que vous lui devez. Il faut que cette personne n'ait ni esprit, ni courage, ni délicatesse, et, en vérité, elle ne mérite pas que vous troubliez un aussi grand bonheur que le vôtre et que vous vous rendiez si ingrat et si coupable. »

Le prince ne sut que répondre ; il feignit d'avoir hâte. Le comte de Tende le fit sortir lui-même afin qu'il ne fût pas vu. La comtesse de Tende demeura éperdue du hasard qu'elle avait couru, des réflexions que lui faisaient faire les paroles de son mari et de la vue des malheurs où sa passion l'exposait.

Mais elle n'eut pas la force de s'en dégager. Elle continua son commerce avec le prince de Navarre. Elle le voyait quelquefois par l'entremise de Lalande. Elle se trouvait, et elle était en effet, une des plus malheureuses femmes du monde. La princesse de Navarre lui faisait tous les jours confidence d'une jalousie dont elle était la cause ; cette jalousie la pénétrait de remords, et, quand la princesse de Navarre était contente de son mari, elle était perdue de jalousie à son tour.

Il se joignit un nouveau tourment à ceux qu'elle avait déjà : le comte de Tende devint aussi amoureux d'elle que si elle n'eût point été sa femme ; il ne la quittait point et voulait reprendre tous les droits qu'il avait méprisés.

La comtesse s'y opposa avec une force et une aigreur qui allait jusqu'au mépris ; prévenue pour le prince de Navarre, elle était blessée et offensée de toute autre passion que la sienne.

La campagne[1] s'approchait ; le prince de Navarre devait partir pour l'armée. La comtesse de Tende commença à sentir les douleurs de son absence et la crainte des périls où il serait exposé ; elle résolut de se dérober à la contrainte de cacher sans cesse son affliction et prit le parti d'aller passer la belle saison dans une terre qu'elle avait à trente lieues de Paris.

Elle exécuta ce qu'elle avait projeté ; leur adieu fut si douloureux qu'ils en devaient tirer l'un et l'autre un mauvais augure. Le comte de Tende resta auprès du roi, où il était attaché par sa charge.

---

1. Celle de Normandie, en 1562, menée pour éviter le débarquement des Anglais, soupçonnés de vouloir venir en aide aux huguenots.

La cour devait s'approcher de l'armée ; la maison de Mme de Tende n'en était pas bien loin ; son mari lui dit qu'il y ferait un voyage d'une nuit seulement pour des ouvrages qu'il avait commencés. Il ne voulut pas qu'elle pût croire que ce fût pour la voir : il avait contre elle tout le dépit que donnent les passions.

Mme de Tende avait trouvé dans les commencements le prince de Navarre si plein de respect, et elle s'était senti tant de vertu qu'elle ne s'était défiée ni de lui ni d'elle-même. Mais le temps et les occasions avaient triomphé de la vertu et du respect, et, peu de temps après qu'elle fut chez elle, elle s'aperçut qu'elle était grosse.

Il ne faut que faire réflexion à la réputation qu'elle avait acquise et conservée, et à l'état où elle était avec son mari pour juger de son désespoir.

Elle fut pressée plusieurs fois d'attenter à sa vie ; cependant elle conçut quelque légère espérance sur le voyage que son mari devait faire auprès d'elle, et résolut d'en attendre le succès.

Dans cet accablement, elle eut encore la douleur d'apprendre que Lalande, qu'elle avait laissé à Paris pour les lettres de son amant et les siennes, était mort en peu de jours, et elle se trouvait dénuée de tout secours dans un temps où elle en avait tant de besoin.

Cependant l'armée avait entrepris un siège. Sa passion pour le prince de Navarre lui donnait de nouvelles craintes. Elle apprit la fin du siège, mais elle apprit aussi que le prince de Navarre avait été tué le dernier jour.

Elle perdit la connaissance et la raison ; elle fut plusieurs fois privée de l'une et de l'autre. Cet excès de malheur lui paraissait dans des moments une espèce de consolation. Elle ne craignait plus rien pour son repos, pour sa réputation ni pour sa vie ; la mort seule lui paraissait désirable ; elle l'espérait de sa douleur, ou elle était résolue de se la donner.

Un reste de honte l'obligea à dire qu'elle sentait des douleurs excessives, pour donner un prétexte à ses cris et à ses larmes.

Si mille adversités la firent retourner sur elle-même, elle vit qu'elle les avait méritées, et la nature et le christianisme la détournèrent d'être homicide d'elle-même et suspendirent l'exécution de ce qu'elle avait résolu.

Il n'y avait pas longtemps qu'elle était dans ces violentes douleurs lorsque le comte de Tende arriva. Elle croyait connaître tous les sentiments que son malheureux état lui pouvait inspirer ; mais l'arrivée de son mari lui donna encore un trouble et une confusion qui lui fut nouvelle.

Il sut en arrivant qu'elle était malade, et comme il avait toujours conservé des mesures d'honnêteté aux yeux du public et de son domestique[1], il vint d'abord dans sa chambre. Il la trouva comme une

1. Ceux qui font partie de sa maison.

personne hors d'elle-même, comme une personne égarée, et elle ne put retenir ses cris et ses larmes, qu'elle attribuait toujours aux douleurs qui la tourmentaient.

Le comte de Tende fut touché de l'état où il la voyait ; il s'attendrit pour elle. Croyant faire quelque diversion à ses douleurs, il lui parla de la mort du prince de Navarre, et de l'affliction de sa femme. Celle de Mme de Tende ne put résister à ce discours, et ses cris et ses larmes redoublèrent d'une telle sorte que le comte de Tende en fut surpris et presque éclairé.

Il sortit de la chambre plein de trouble et d'agitation ; il lui sembla que sa femme n'était pas dans l'état que causent les douleurs du corps.

Ce redoublement de larmes, lorsqu'il avait parlé de la mort du prince de Navarre, l'avait frappé, et, tout d'un coup, l'aventure de l'avoir trouvé à genoux devant son lit se présenta à son esprit. Il se souvint du procédé qu'elle avait eu avec lui lorsqu'il avait voulu retourner à elle ; et enfin il crut voir la vérité, mais il lui restait néanmoins ce doute que l'amour-propre nous laisse toujours pour les choses qui coûtent trop cher à croire.

Son désespoir fut extrême, et toutes ses pensées furent violentes ; mais comme il était sage, il retint ses premiers mouvements. Il résolut de partir le lendemain à la pointe du jour sans voir sa femme, remettant au temps à lui donner plus de certitude et à prendre ses résolutions.

Quelque abîmée que fût Mme de Tende dans sa douleur, elle n'avait pas laissé de s'apercevoir du peu de pouvoir qu'elle avait sur elle-même et de l'air dont son mari était sorti de sa chambre. Elle se douta d'une partie de la vérité et, n'ayant plus que de l'horreur pour sa vie, elle se résolut de la perdre d'une manière qui ne lui ôtât pas l'espérance de l'autre[1].

Après avoir examiné ce qu'elle allait faire, avec des agitations mortelles, pénétrée de ses malheurs et du repentir de sa vie, elle se détermina enfin et écrivit ces mots à son mari :

Cette lettre va me coûter la vie, mais je mérite la mort et je la désire. Je suis grosse. Celui qui est la cause de mon malheur n'est plus au monde, aussi bien que le seul homme qui savait notre commerce ; le public ne l'a jamais soupçonné. J'avais résolu de finir ma vie par mes mains, mais je l'offre à Dieu et à vous-même pour l'expiation de mon crime. Je n'ai pas voulu me déshonorer aux yeux du monde, parce que ma réputation vous regarde : conservez-la pour l'amour de vous. Cachez-en la honte et faites-moi périr quand vous voudrez et comme vous voudrez.

Le jour commençait à paraître lorsqu'elle eut écrit cette lettre, la plus difficile à écrire qui ait

---

1. Comprendre : la comtesse renonce à se suicider, acte condamné par l'Église, pour pouvoir jouir de la vie éternelle.

peut-être jamais été écrite ; elle la cacheta, se mit à la fenêtre et, comme elle vit le comte de Tende dans la cour prêt à monter en carrosse, elle envoya une de ses femmes la lui porter et lui dire qu'il n'y avait rien de pressé, et qu'il la lût à loisir.

Le comte de Tende fut surpris de cette lettre ; elle lui donna une sorte de pressentiment, non pas de tout ce qu'il y devait trouver, mais de quelque chose qui avait rapport à ce qu'il avait déjà pensé la veille.

Il monta seul en carrosse, plein de trouble, et n'osant même ouvrir la lettre, quelque impatience qu'il eût de la lire. Il la lut enfin et apprit son malheur ; mais que ne pensa-t-il point après l'avoir lue ! S'il eût eu des témoins, ce violent état où il était l'aurait fait croire privé de raison ou prêt de perdre la vie. La jalousie et les soupçons bien fondés préparent d'ordinaire les maris à leurs malheurs ; ils ont même toujours quelques doutes, mais ils n'ont pas cette certitude que donne l'aveu, qui est au-dessus de nos lumières.

Le comte de Tende avait toujours trouvé sa femme très aimable, quoiqu'il ne l'eût pas également aimée ; mais elle lui avait toujours paru la plus estimable femme qu'il eût jamais vue ; ainsi, il n'avait pas moins d'étonnement que de fureur et, au travers de l'un et de l'autre, il sentait encore, malgré lui, une douleur où la tendresse avait encore quelque part.

Il s'arrêta dans une maison qui se trouva sur son chemin, où il passa plusieurs jours, affligé et agité, comme on peut se l'imaginer. Il pensa d'abord tout ce qu'il était naturel de penser en cette occasion : il ne songea qu'à faire mourir sa femme. Mais la mort du prince de Navarre et celle de Lalande, qu'il reconnut aisément pour le confident, ralentit un peu sa fureur.

Il ne douta pas que sa femme ne lui dît vrai en lui disant que son commerce n'avait jamais été soupçonné ; il jugea que le prince de Navarre pouvait avoir trompé tout le monde, puisqu'il avait été trompé lui-même après une conviction si grande que celle qui s'était présentée à ses yeux.

Cette ignorance entière du public pour son malheur lui fut un adoucissement ; mais les circonstances, qui lui faisaient voir à quel point et de quelle manière il avait été trompé, lui perçaient le cœur, et il ne respirait que la vengeance.

Il pensa néanmoins que, s'il faisait mourir sa femme et qu'on s'aperçût qu'elle fût grosse, l'on soupçonnerait aisément la vérité. Comme il était l'homme du monde le plus glorieux, il prit le parti qui convenait le mieux à sa gloire et résolut de ne laisser rien voir au public. Dans cette pensée, il résolut d'envoyer un gentilhomme à la comtesse de Tende, avec ce billet :

Le désir d'empêcher l'éclat de ma honte l'emporte présentement sur ma vengeance ; je verrai, dans la suite,

ce que j'ordonnerai de votre indigne destinée. Condui-
sez-vous comme si vous aviez toujours été ce que vous
deviez être.

La comtesse reçut ce billet avec joie ; elle le
croyait l'arrêt de sa mort, et quand elle vit que
son mari consentait qu'elle laissât paraître sa grossesse, elle sentit bien que la honte est la plus violente de toutes les passions. Elle se trouvait dans
une sorte de calme de se croire assurée de mourir
et de voir sa réputation en sûreté. Elle ne songea
plus qu'à se préparer à la mort et comme c'était
une personne dont tous les sentiments étaient vifs,
elle embrassa la vertu et la pénitence avec la même
ardeur qu'elle avait suivi sa passion.

Son âme était d'ailleurs détrempée et noyée
dans l'affliction ; elle ne pouvait arrêter ses yeux sur
aucune chose de cette vie qui ne lui fût plus rude
que la mort même, de sorte qu'elle ne voyait de
remède à ses malheurs que par la fin de sa malheureuse vie.

Elle passa quelque temps dans cet état, parais-
sant plutôt une personne morte qu'une personne
vivante.

Enfin, vers le sixième mois de sa grossesse, son
corps succomba, la fièvre continue lui prit, et elle
accoucha par la violence du mal. Elle eut la consolation de voir son enfant en vie[1], d'être assurée

1. Il peut donc être baptisé, ce qui lui assure la vie éternelle.

qu'il ne pouvait vivre et qu'elle ne donnait pas un héritier illégitime à son mari.

Elle expira peu de jours après et reçut la mort avec une joie que personne n'a jamais ressentie. Elle chargea son confesseur d'aller porter à son mari la nouvelle de sa mort, de lui demander pardon de sa part et de le supplier d'oublier sa mémoire, qui ne lui pouvait être qu'odieuse.

Le comte de Tende reçut cette nouvelle sans inhumanité, et même avec quelques sentiments de pitié, mais néanmoins avec joie. Quoiqu'il fût fort jeune, il ne voulut jamais se remarier, les femmes lui faisaient horreur, et il a vécu jusqu'à un âge fort avancé.

Histoire
d'Alphonse et de Bélasire[1]

Vous savez, Seigneur, que je m'appelle Alphonse
Ximénès et que ma maison a quelque lustre dans
l'Espagne, pour être descendue des premiers rois
de Navarre. Comme je n'ai dessein que de vous
conter l'histoire de mes derniers malheurs, je ne
vous ferai pas celle de toute ma vie ; il y a néanmoins des choses assez remarquables, mais comme,
jusques au temps dont je vous veux parler, je
n'avais été malheureux que par la faute des autres,
et non pas par la mienne, je ne vous en dirai rien
et vous saurez seulement que j'avais éprouvé tout
ce que l'infidélité et l'inconstance des femmes
peuvent faire souffrir de plus douloureux. Aussi

1. Placée vers la fin de la première partie de *Zaïde, roman
espagnol*, cette histoire est racontée par Alphonse à son ami
Consalve. Elle constitue le pendant de la sienne, placée au
début du roman. Après avoir écouté l'histoire d'Alphonse,
Consalve « ne put s'empêcher d'avouer en lui-même que les
malheurs qu'il venait d'entendre pouvaient au moins entrer en
comparaison avec ceux qu'il avait soufferts ».

étais-je très éloigné d'en vouloir aimer aucune. Les attachements me paraissaient des supplices et, quoiqu'il y eût plusieurs belles personnes dans la cour dont je pouvais être aimé, je n'avais pour elles que les sentiments de respect qui sont dus à leur sexe. Mon père, qui vivait encore, souhaitait de me marier, par cette chimère si ordinaire à tous les hommes de vouloir conserver leur nom. Je n'avais pas de répugnance au mariage ; mais la connaissance que j'avais des femmes m'avait fait prendre la résolution de n'en épouser jamais de belle ; et, après avoir tant souffert par la jalousie, je ne voulais pas me mettre au hasard d'avoir tout ensemble celle d'un amant et celle d'un mari. J'étais dans ces dispositions, lorsqu'un jour mon père me dit que Bélasire, fille du comte de Guevarre, était arrivée à la cour ; que c'était un parti considérable, et par son bien, et par sa naissance, et qu'il eût fort souhaité de l'avoir pour belle-fille. Je lui répondis qu'il faisait un souhait inutile ; que j'avais déjà ouï parler de Bélasire et que je savais que personne n'avait encore pu lui plaire ; que je savais aussi qu'elle était belle et que c'était assez pour m'ôter la pensée de l'épouser. Il me demanda si je l'avais vue ; je lui répondis que toutes les fois qu'elle était venue à la cour je m'étais trouvé à l'armée et que je ne la connaissais que de réputation. « Voyez-la, je vous en prie, répliqua-t-il ; et, si j'étais aussi assuré que vous lui

pussiez plaire que je suis persuadé qu'elle vous
fera changer de résolution de n'épouser jamais
une belle femme, je ne douterais pas de votre mariage. » Quelques jours après, je trouvai Bélasire
chez la reine ; je demandai son nom, me doutant
bien que c'était elle, et elle me demanda le mien,
croyant bien aussi que j'étais Alphonse. Nous de-
vinâmes l'un et l'autre ce que nous avions de-
mandé ; nous nous le dîmes et nous parlâmes
ensemble avec un air plus libre qu'apparemment
nous ne le devions avoir dans une première conversation. Je trouvai la personne de Bélasire très
charmante et son esprit beaucoup au-dessus de ce
que j'en avais pensé. Je lui dis que j'avais de la
honte de ne la connaître pas encore ; que néanmoins je serais bien aise de ne la pas connaître davantage ; que je n'ignorais pas combien il était
inutile de songer à lui plaire et combien il était
difficile de se garantir de le désirer. J'ajoutai que,
quelque difficulté qu'il y eût à toucher son cœur,
je ne pourrais m'empêcher d'en former le dessein,
si elle cessait d'être belle ; mais que, tant qu'elle
serait comme je la voyais, je n'y penserais de ma
vie ; que je la suppliais même de m'assurer qu'il
était impossible de se faire aimer d'elle, de peur
qu'une fausse espérance ne me fît changer la résolution que j'avais prise de ne m'attacher jamais à
une belle femme. Cette conversation, qui avait
quelque chose d'extraordinaire, plut à Bélasire ;

elle parla de moi assez favorablement et je parlai d'elle comme d'une personne en qui je trouvais un mérite et un agrément au-dessus des autres femmes. Je m'enquis, avec plus de soin que je n'avais fait, qui étaient ceux qui s'étaient attachés à elle. On me dit que le comte de Lare l'avait passionnément aimée ; que cette passion avait duré longtemps ; qu'il avait été tué à l'armée et qu'il s'était précipité dans le péril après avoir perdu l'espérance de l'épouser. On me dit aussi que plusieurs autres personnes avaient essayé de lui plaire, mais inutilement, et que l'on n'y pensait plus parce qu'on croyait impossible d'y réussir. Cette impossibilité dont on me parlait me fit imaginer quelque plaisir à la surmonter. Je n'en fis pas néanmoins le dessein, mais je vis Bélasire le plus souvent qu'il me fut possible, et comme la cour de Navarre n'est pas si austère que celle de Léon, je trouvais aisément les occasions de la voir. Il n'y avait pourtant rien de sérieux entre elle et moi ; je lui parlais en riant de l'éloignement où nous étions l'un pour l'autre et de la joie que j'aurais qu'elle changeât de visage et de sentiments. Il me parut que ma conversation ne lui déplaisait pas et que mon esprit lui plaisait, parce qu'elle trouvait que je connaissais tout le sien. Comme elle avait même pour moi une confiance qui me donnait une entière liberté de lui parler, je la priai de me dire les raisons qu'elle avait eues

de refuser si opiniâtrement ceux qui s'étaient attachés à lui plaire. « Je vais vous répondre sincèrement, me dit-elle. Je suis née avec une aversion
pour le mariage ; les liens m'en ont toujours paru
très rudes et j'ai cru qu'il n'y avait qu'une passion
qui pût assez aveugler pour faire passer par-dessus
toutes les raisons qui s'opposent à cet engage-
ment. Vous ne voulez pas vous marier par amour,
ajouta-t-elle, et moi je ne comprends pas qu'on
puisse se marier sans amour et sans une amour
violente ; et, bien loin d'avoir eu de la passion, je
n'ai même jamais eu d'inclination pour personne :
ainsi, Alphonse, si je ne me suis point mariée,
c'est parce que je n'ai rien aimé. — Quoi ! Madame, lui répondis-je, personne ne vous a plu ?
votre cœur n'a jamais reçu d'impression ? Il n'a
jamais été troublé au nom et à la vue de ceux qui
vous adoraient ? — Non, me dit-elle, je ne con-
nais aucun des sentiments de l'amour. — Quoi !
pas même la jalousie ? lui dis-je. — Non, pas
même la jalousie, me répliqua-t-elle. Ah ! si cela
est, Madame, lui répondis-je, je suis persuadé que
vous n'avez jamais eu d'inclination pour personne. — Il est vrai, reprit-elle, personne ne m'a
jamais plu et je n'ai pas même trouvé d'esprit qui
me fût agréable et qui eût du rapport avec le
mien. » Je ne sais quel effet me firent les paroles
de Bélasire ; je ne sais si j'en étais déjà amoureux
sans le savoir ; mais l'idée d'un cœur fait comme

le sien, qui n'eût jamais reçu d'impression, me parut une chose si admirable et si nouvelle que je fus frappé dans ce moment du désir de lui plaire et d'avoir la gloire de toucher ce cœur que tout le monde croyait insensible. Je ne fus plus cet homme qui avait commencé à parler sans dessein ; je repassai dans mon esprit tout ce qu'elle me venait de dire. Je crus que, lorsqu'elle m'avait dit qu'elle n'avait trouvé personne qui lui eût plu, j'avais vu dans ses yeux qu'elle m'en avait excepté ; enfin j'eus assez d'espérance pour achever de me donner de l'amour et, dès ce moment, je devins plus amoureux de Bélasire que je ne l'avais jamais été d'aucune autre. Je ne vous redirai point comme j'osai lui déclarer que je l'aimais : j'avais commencé à lui parler par une espèce de raillerie, il était difficile de lui parler sérieusement ; mais aussi cette raillerie me donna bientôt lieu de lui dire des choses que je n'aurais osé lui dire de longtemps. Ainsi j'aimais Bélasire et je fus assez heureux pour toucher son inclination ; mais je ne le fus pas assez pour lui persuader mon amour. Elle avait une défiance naturelle de tous les hommes ; quoiqu'elle m'estimât beaucoup plus que tous ceux qu'elle avait vus, et par conséquent plus que je ne méritais, elle n'ajoutait pas de foi à mes paroles. Elle eut néanmoins un procédé avec moi tout différent de celui des autres femmes et j'y trouvai quelque chose de si noble et de si sincère que j'en fus surpris. Elle ne demeura pas longtemps sans m'avouer l'inclination qu'elle avait pour moi ; elle m'apprit ensuite le progrès que je faisais dans son cœur ; mais, comme elle ne me cachait point ce qui m'était avantageux, elle m'apprenait aussi ce qui ne m'était pas favorable. Elle me dit qu'elle ne croyait pas que je l'aimasse véritablement et que tant qu'elle ne serait pas mieux persuadée de mon amour elle ne consentirait jamais à m'épouser. Je ne vous saurais exprimer la joie que je trouvais à toucher ce cœur qui n'avait jamais été touché et à voir l'embarras et le trouble qu'y apportait une passion qui lui était inconnue. Quel charme c'était pour moi de connaître l'étonnement qu'avait Bélasire de n'être plus maîtresse d'elle-même et de se trouver des sentiments sur quoi elle n'avait point de pouvoir ! Je goûtai des délices, dans ces commencements, que je n'avais pas imaginées ; et, qui n'a point senti le plaisir de donner une violente passion à une personne qui n'en a jamais eu, même de médiocre, peut dire qu'il ignore les véritables plaisirs de l'amour. Si j'eus de sensibles joies par la connaissance de l'inclination que Bélasire avait pour moi, j'eus aussi de cruels chagrins par le doute où elle était de ma passion et par l'impossibilité qui me paraissait à l'en persuader. Lorsque cette pensée me donnait de l'inquiétude, je rappelais les sentiments que j'avais eus sur le mariage ; je trouvais que j'allais tomber dans les malheurs que j'avais tant appréhendés ; je pensais que j'aurais la douleur de ne pouvoir assurer Bélasire de l'amour que j'avais pour elle ou que, si je l'en assurais et qu'elle m'aimât véritablement, je serais exposé au malheur de cesser d'être aimé. Je me disais que le mariage diminuerait l'attachement qu'elle avait pour moi ; qu'elle ne m'aimerait plus que par devoir ; qu'elle en aimerait peut-être quelque autre ; enfin je me représentais tellement l'horreur d'en être jaloux que, quelque estime et quelque passion que j'eusse pour elle, je me résolvais quasi d'abandonner l'entreprise que j'avais faite ; et je préférais le malheur de vivre sans Bélasire à celui de vivre avec elle sans en être aimé. Bélasire avait à peu près des incertitudes pareilles aux miennes ; elle ne me cachait point ses sentiments non plus que je ne lui cachais pas les miens. Nous parlions des raisons que nous avions de ne nous point engager ; nous résolûmes plusieurs fois de rompre notre attachement ; nous nous dîmes adieu dans la pensée d'exécuter nos résolutions ; mais nos adieux étaient si tendres et notre inclination si forte qu'aussitôt que nous nous étions quittés nous ne pensions plus qu'à nous revoir. Enfin, après bien des irrésolutions de part et d'autre, je surmontai les doutes de Bélasire ; elle rassura tous les miens ; elle me promit qu'elle consentirait à notre mariage sitôt que ceux dont nous dépendions auraient réglé ce qui était néces-

saire pour l'achever. Son père fut obligé de partir
devant que de le pouvoir conclure ; le roi l'envoya
sur la frontière signer un traité avec les Maures et
nous fûmes contraints d'attendre son retour.
J'étais cependant le plus heureux homme du
monde ; je n'étais occupé que de l'amour que
j'avais pour Bélasire ; j'en étais passionnément
aimé ; je l'estimais plus que toutes les femmes du
monde et je me croyais sur le point de la posséder.

Je la voyais avec toute la liberté que devait
avoir un homme qui l'allait bientôt épouser. Un
jour, mon malheur, fit que je la priai de me dire
tout ce que ses amants avaient fait pour elle. Je
prenais plaisir à voir la différence du procédé
qu'elle avait eu avec eux d'avec celui qu'elle avait
avec moi. Elle me nomma tous ceux qui l'avaient
aimée ; elle me conta tout ce qu'ils avaient fait
pour lui plaire ; elle me dit que ceux qui avaient
eu plus de persévérance étaient ceux dont elle
avait eu plus d'éloignement et que le comte de
Lare, qui l'avait aimée jusques à sa mort, ne lui
avait jamais plu. Je ne sais pourquoi, après ce
qu'elle me disait, j'eus plus de curiosité pour ce qui
regardait le comte de Lare que pour les autres.
Cette longue persévérance me frappa l'esprit : je
la priai de me redire encore tout ce qui s'était
passé entre eux ; elle le fit et, quoiqu'elle ne me
dît rien qui me dût déplaire, je fus touché d'une

espèce de jalousie. Je trouvai que, si elle ne lui avait témoigné de l'inclination, qu'au moins lui avait-elle témoigné beaucoup d'estime. Le soupçon m'entra dans l'esprit qu'elle ne me disait pas tous les sentiments qu'elle avait eus pour lui. Je ne voulus point lui témoigner ce que je pensais ; je me retirai chez moi plus chagrin que de coutume ; je dormis peu et je n'eus point de repos que je ne la visse le lendemain et que je ne lui fisse encore raconter tout ce qu'elle m'avait dit le jour précédent. Il était impossible qu'elle m'eût conté d'abord toutes les circonstances d'une passion qui avait duré plusieurs années ; elle me dit des choses qu'elle ne m'avait point encore dites ; je crus qu'elle avait eu dessein de me les cacher. Je lui fis mille questions et je lui demandai à genoux de me répondre avec sincérité. Mais quand ce qu'elle me répondait était comme je le pouvais désirer, je croyais qu'elle ne me parlait ainsi que pour me plaire ; si elle me disait des choses un peu avantageuses pour le comte de Lare, je croyais qu'elle m'en cachait bien davantage ; enfin la jalousie, avec toutes les horreurs dont on la représente, se saisit de mon esprit.

Je ne lui donnais plus de repos ; je ne pouvais plus lui témoigner ni passion ni tendresse : j'étais incapable de lui parler que du comte de Lare ; j'étais pourtant au désespoir de l'en faire souvenir et de remettre dans sa mémoire tout ce qu'il avait fait pour elle. Je résolvais de ne lui en plus parler, mais je trouvais toujours que j'avais oublié de me faire expliquer quelque circonstance et, sitôt que j'avais commencé ce discours, c'était pour moi un labyrinthe ; je n'en sortais plus et j'étais également désespéré de lui parler du comte de Lare ou de ne lui en parler pas.

Je passais les nuits entières sans dormir ; Bélasire ne me paraissait plus la même personne. Quoi ! disais-je, c'est ce qui a fait le charme de ma passion que de croire que Bélasire n'a jamais rien aimé, et qu'elle n'a jamais eu d'inclination pour personne ; cependant, par tout ce qu'elle me dit elle-même, il faut qu'elle n'ait pas eu d'aversion pour le comte de Lare. Elle lui a témoigné trop d'estime et elle l'a traité avec trop de civilité : si elle ne l'avait point aimé, elle l'aurait haï par la longue persécution qu'il lui a faite et qu'il lui a fait faire par ses parents. « Non, disais-je, Bélasire, vous m'avez trompé, vous n'étiez point telle que je vous ai crue ; c'était comme une personne qui n'avait jamais rien aimé que je vous ai adorée ; c'était le fondement de ma passion ; je ne le trouve plus ; il est juste que je reprenne tout l'amour que j'ai eu pour vous. Mais, si elle me dit vrai, reprenais-je, quelle injustice ne lui fais-je point ! et quel mal ne me fais-je point à moi-même de m'ôter tout le plaisir que je trouvais à être aimé d'elle ! »

Dans ces sentiments, je prenais la résolution de parler encore une fois à Bélasire : il me semblait

que je lui dirais mieux que je n'avais fait ce qui
me donnait de la peine et que je m'éclaircirais
avec elle d'une manière qui ne me laisserait plus
de soupçon. Je faisais ce que j'avais résolu : je lui
parlais ; mais ce n'était pas pour la dernière fois ;
et, le lendemain, je reprenais le même discours
avec plus de chaleur que le jour précédent. Enfin
Bélasire, qui avait eu jusques alors une patience et
une douceur admirables, qui avait souffert tous
mes soupçons et qui avait travaillé à me les ôter,
commença à se lasser de la continuation d'une jalousie si violente et si mal fondée.

« Alphonse, me dit-elle un jour, je vois bien que
le caprice que vous avez dans l'esprit va détruire
la passion que vous aviez pour moi ; mais il faut
que vous sachiez aussi qu'elle détruira infailliblement celle que j'ai pour vous. Considérez, je vous
en conjure, sur quoi vous me tourmentez et sur
quoi vous vous tourmentez vous-même, sur un
homme mort, que vous ne sauriez croire que j'aie
aimé puisque je ne l'ai pas épousé : car si je l'avais
aimé, mes parents voulaient notre mariage et rien ne
s'y opposait. — Il est vrai, Madame, lui répondis-
je, je suis jaloux d'un mort et c'est ce qui me dé-
sespère. Si le comte de Lare était vivant, je juge-
rais, par la manière dont vous seriez ensemble, de
celle dont vous y auriez été ; et ce que vous faites
pour moi me convaincrait que vous ne l'aimeriez
pas. J'aurais le plaisir, en vous épousant, de lui
ôter l'espérance que vous lui aviez donnée, quoi

que vous me puissiez dire ; mais il est mort, et il est peut-être mort persuadé que vous l'auriez aimé, s'il avait vécu. Ah ! Madame, je ne saurais être heureux toutes les fois que je penserai qu'un autre que moi a pu se flatter d'être aimé de vous. — Mais, Alphonse, me dit-elle encore, si je l'avais aimé, pourquoi ne l'aurais-je pas épousé ? — Parce que vous ne l'avez pas assez aimé, Madame, lui répliquai-je, et que la répugnance que vous aviez au mariage ne pouvait être surmontée par une inclination médiocre. Je sais bien que vous m'aimez davantage que vous n'avez aimé le comte de Lare ; mais, pour peu que vous l'ayez aimé, tout mon bonheur est détruit ; je ne suis plus le seul homme qui vous ait plu ; je ne suis plus le premier qui vous ait fait connaître l'amour ; votre cœur a été touché par d'autres sentiments que ceux que je lui ai donnés. Enfin, Madame, ce n'est plus ce qui m'avait rendu le plus heureux homme du monde et vous ne me paraissez plus du même prix dont je vous ai trouvée d'abord. — Mais, Alphonse, me dit-elle, comment avez-vous pu vivre en repos avec celles que vous avez aimées ? Je voudrais bien savoir si vous avez trouvé en elles un cœur qui n'eût jamais senti de passion. — Je ne l'y cherchais pas, Madame, lui répliquai-je, et je n'avais pas espéré de l'y trouver ; je ne les avais point regardées comme des personnes incapables d'en aimer d'autres que moi ; je m'étais contenté de croire qu'elles m'aimaient beaucoup plus que tout ce qu'elles avaient aimé ; mais, pour vous, Madame, ce n'est pas de même : je vous ai toujours regardée comme une personne au-dessus de l'amour et qui ne l'aurait jamais connu sans moi. Je me suis trouvé heureux et glorieux tout ensemble d'avoir pu faire une conquête si extraordinaire. Par pitié, ne me laissez plus dans l'incertitude où je suis ; si vous m'avez caché quelque chose sur le comte de Lare, avouez-le-moi ; le mérite de l'aveu et votre sincérité me consoleront peut-être de ce que vous m'avouerez ; éclaircissez mes soupçons et ne me laissez pas vous donner un plus grand prix que je ne dois, ou moindre que vous ne méritez. — Si vous n'aviez point perdu la raison, me dit Bélasire, vous verriez bien que, puisque je ne vous ai pas persuadé, je ne vous persuaderai pas ; mais si je pouvais ajouter quelque chose à ce que je vous ai déjà dit, ce serait qu'une marque infaillible que je n'ai pas eu d'inclination pour le comte de Lare, est de vous en assurer comme je fais. Si je l'avais aimé, il n'y aurait rien qui pût me le faire désavouer ; je croirais faire un crime de renoncer à des sentiments que j'aurais eus pour un homme mort qui les aurait mérités. Ainsi, Alphonse, soyez assuré que je n'en ai point eu qui vous puisse déplaire. — Persuadez-le-moi, donc, Madame, m'écriai-je ; dites-le-moi mille fois de suite, écrivez-le-moi ; enfin redonnez-moi le plaisir de vous aimer comme je faisais et surtout pardonnez-moi le

tourment que je vous donne. Je me fais plus de
mal qu'à vous et, si l'état où je suis se pouvait ra-
cheter, je le rachèterais par la perte de ma vie. »

Ces dernières paroles firent de l'impression sur
Bélasire ; elle vit bien qu'en effet je n'étais pas le
maître de mes sentiments ; elle me promit d'écrire
tout ce qu'elle avait pensé et tout ce qu'elle avait
fait pour le comte de Lare ; et, quoique ce fussent
des choses qu'elle m'avait déjà dites mille fois,
j'eus du plaisir de m'imaginer que je les verrais
écrites de sa main. Le jour suivant elle m'envoya
ce qu'elle m'avait promis : j'y trouvai une narration fort exacte de ce que le comte de Lare avait
fait pour lui plaire et de tout ce qu'elle avait fait
pour le guérir de sa passion, avec toutes les raisons
qui pouvaient me persuader que ce qu'elle me disait était véritable. Cette narration était faite d'une
manière qui devait me guérir de tous mes caprices, mais elle fit un effet contraire. Je commençai
par être en colère contre moi-même d'avoir
obligé Bélasire à employer tant de temps à penser
au comte de Lare. Les endroits de son récit où
elle entrait dans le détail m'étaient insupportables ; je trouvais qu'elle avait bien de la mémoire
pour les actions d'un homme qui lui avait été in-
différent. Ceux qu'elle avait passés légèrement me
persuadaient qu'il y avait des choses qu'elle ne
m'avait osé dire ; enfin je fis du poison du tout et
je vins voir Bélasire plus désespéré et plus en colère que je ne l'avais jamais été. Elle, qui savait

combien j'avais sujet d'être satisfait, fut offensée de me voir si injuste ; elle me le fit connaître avec plus de force qu'elle ne l'avait encore fait. Je m'excusai le mieux que je pus, tout en colère que j'étais. Je voyais bien que j'avais tort ; mais il ne dépendait pas de moi d'être raisonnable. Je lui dis que ma grande délicatesse sur les sentiments qu'elle avait eus pour le comte de Lare était une marque de la passion et de l'estime que j'avais pour elle, et que ce n'était que par le prix infini que je donnais à son cœur que je craignais si fort qu'un autre n'en eût touché la moindre partie ; enfin je dis tout ce que je pus m'imaginer pour rendre ma jalousie plus excusable. Bélasire n'approuva point mes raisons ; elle me dit que de légers chagrins pouvaient être produits par ce que je lui venais de dire, mais qu'un caprice si long ne pouvait venir que du défaut et du dérèglement de mon humeur ; que je lui faisais peur pour la suite de sa vie et que, si je continuais, elle serait obligée de changer de sentiments. Ces menaces me firent trembler ; je me jetai à ses genoux, je l'assurai que je ne lui parlerais plus de mon chagrin et je crus moi-même en pouvoir être le maître, mais ce ne fut que pour quelques jours. Je recommençai bientôt à la tourmenter ; je lui redemandai souvent pardon, mais souvent aussi je lui fis voir que je croyais toujours qu'elle avait aimé le comte de Lare et que cette pensée me rendrait éternellement malheureux.

Il y avait déjà longtemps que j'avais fait une

amitié particulière avec un homme de qualité appelé don Manrique. C'était un des hommes du monde qui avaient le plus de mérite et d'agrément. La liaison qui était entre nous en avait fait une très grande entre Bélasire et lui ; leur amitié ne m'avait jamais déplu ; au contraire, j'avais pris plaisir à l'augmenter. Il s'était aperçu plusieurs fois du chagrin que j'avais depuis quelque temps. Quoique je n'eusse rien de caché pour lui, la honte de mon caprice m'avait empêché de le lui avouer. Il vint chez Bélasire un jour que j'étais encore plus déraisonnable que je n'avais accoutumé et qu'elle était aussi plus lasse qu'à l'ordinaire de ma jalousie. Don Manrique connut, à l'altération de nos visages, que nous avions quelque démêlé. J'avais toujours prié Bélasire de ne lui point parler de ma faiblesse ; je lui fis encore la même prière quand il entra ; mais elle voulut m'en faire honte ; et, sans me donner le loisir de m'y opposer, elle dit à don Manrique ce qui faisait mon chagrin. Il en parut si étonné, il le trouva si mal fondé et il m'en fit tant de reproches qu'il acheva de troubler ma raison. Jugez, Seigneur, si elle fut troublée et quelle disposition j'avais à la jalousie ! Il me parut que, de la manière dont m'avait condamné don Manrique, il fallait qu'il fût prévenu pour Bélasire. Je voyais bien que je passais les bornes de la raison ; mais je ne croyais pas aussi qu'on me dût condamner entièrement, à moins que d'être amoureux de Bélasire. Je m'imaginai alors que don

Manrique l'était il y avait déjà longtemps, et que je lui paraissais si heureux d'en être aimé qu'il ne trouvait pas que je me dusse plaindre, quand elle en aurait aimé un autre. Je crus même que Bélasire s'était bien aperçue que don Manrique avait pour elle plus que de l'amitié ; je pensai qu'elle était bien aise d'être aimée (comme le sont d'ordinaire toutes les femmes) et, sans la soupçonner de me faire une infidélité, je fus jaloux de l'amitié qu'elle avait pour un homme qu'elle croyait son amant. Bélasire et don Manrique, qui me voyaient si troublé et si agité, étaient bien éloignés de juger ce qui causait le désordre de mon esprit. Ils tâchèrent de me remettre par toutes les raisons dont ils pouvaient s'aviser ; mais tout ce qu'ils me disaient achevait de me troubler et de m'aigrir. Je les quittai et, quand je fus seul, je me représentai le nouveau malheur que je croyais avoir infiniment au-dessus de celui que j'avais eu. Je connus alors que j'avais été déraisonnable de craindre un homme qui ne me pouvait plus faire de mal. Je trouvai que don Manrique m'était redoutable en toutes façons : il était aimable ; Bélasire avait beaucoup d'estime et d'amitié pour lui ; elle était accoutumée à le voir ; elle était lasse de mes chagrins et de mes caprices ; il me semblait qu'elle cherchait à s'en consoler avec lui et qu'insensiblement elle lui donnerait la place que j'occupais dans son cœur. Enfin je fus plus jaloux de don Manrique que je ne l'avais été du comte de Lare. Je savais bien qu'il était amoureux d'une autre personne, il y avait longtemps ; mais cette personne était si inférieure en toutes choses à Bélasire que cet amour ne me rassurait pas. Comme ma destinée voulait que je ne pusse m'abandonner entièrement à mon caprice et qu'il me restât toujours assez de raison pour me laisser dans l'incertitude, je ne fus pas si injuste que de croire que don Manrique travaillât à m'ôter Bélasire. Je m'imaginai qu'il en était devenu amoureux sans s'en être aperçu et sans le vouloir ; je pensai qu'il essayait de combattre sa passion à cause de notre amitié et, qu'encore qu'il n'en dît rien à Bélasire, il lui laissait voir qu'il l'aimait sans espérance. Il me parut que je n'avais pas sujet de me plaindre de don Manrique, puisque je croyais que ma considération l'avait empêché de se déclarer. Enfin je trouvai que, comme j'avais été jaloux d'un homme mort, sans savoir si je le devais être, j'étais jaloux de mon ami, et que je le croyais mon rival sans croire avoir sujet de le haïr. Il serait inutile de vous dire ce que des sentiments aussi extraordinaires que les miens me firent souffrir et il est aisé de se l'imaginer. Lorsque je vis don Manrique, je lui fis des excuses de lui avoir caché mon chagrin sur le sujet du comte de Lare ; mais je ne lui dis rien de ma nouvelle jalousie. Je n'en dis rien aussi à Bélasire, de peur que la connaissance qu'elle en aurait n'achevât de l'éloigner de moi. Comme j'étais toujours persuadé qu'elle m'aimait beaucoup, je croyais que,

si je pouvais obtenir de moi-même de ne lui plus
paraître déraisonnable, elle ne m'abandonnerait
pas pour don Manrique. Ainsi l'intérêt même de
ma jalousie m'obligeait à la cacher. Je demandai
encore pardon à Bélasire et je l'assurai que la raison m'était entièrement revenue. Elle fut bien
aise de me voir dans ces sentiments, quoiqu'elle
pénétrât aisément, par la grande connaissance qu'elle
avait de mon humeur, que je n'étais pas si tran-
quille que je le voulais paraître.

Don Manrique continua de la voir comme il
avait accoutumé, et même davantage, à cause de
la confidence où ils étaient ensemble de ma jalousie. Comme Bélasire avait vu que j'avais été of-
fensé qu'elle lui en eût parlé, elle ne lui en parlait
plus en ma présence ; mais, quand elle s'aperce-
vait que j'étais chagrin, elle s'en plaignait avec lui
et le priait de lui aider à me guérir. Mon malheur
voulut que je m'aperçusse deux ou trois fois
qu'elle avait cessé de parler à don Manrique lorsque j'étais entré. Jugez ce qu'une pareille chose
pouvait produire dans un esprit aussi jaloux que le
mien ! Néanmoins je voyais tant de tendresse pour
moi dans le cœur de Bélasire et il me paraissait
qu'elle avait tant de joie lorsqu'elle me voyait
l'esprit en repos que je ne pouvais croire qu'elle
aimât assez don Manrique pour être en intelligence avec lui. Je ne pouvais croire aussi que don
Manrique, qui ne songeait qu'à empêcher que je
ne me brouillasse avec elle, songeât à s'en faire

aimer. Je ne pouvais donc démêler quels sentiments il avait pour elle, ni quels étaient ceux
qu'elle avait pour lui. Je ne savais même très souvent quels étaient les miens ; enfin j'étais dans le
plus misérable état où un homme ait jamais été.
Un jour que j'étais entré, qu'elle parlait bas à don
Manrique, il me parut qu'elle ne s'était pas sou-
ciée que je visse qu'elle lui parlait. Je me souvins
alors qu'elle m'avait dit plusieurs fois, pendant
que je la persécutais sur le sujet du comte de Lare,
qu'elle me donnerait de la jalousie d'un homme
vivant pour me guérir de celle que j'avais d'un
homme mort. Je crus que c'était pour exécuter
cette menace qu'elle traitait si bien don Manrique
et qu'elle me laissait voir qu'elle avait des secrets
avec lui. Cette pensée diminua le trouble où j'étais.
Je fus encore quelques jours sans lui en rien dire ;
mais enfin je me résolus de lui en parler.

J'allai la trouver dans cette intention et, me je-
tant à genoux devant elle : « Je veux bien vous
avouer, Madame, lui dis-je, que le dessein que
vous avez eu de me tourmenter a réussi. Vous
m'avez donné toute l'inquiétude que vous pou-
viez souhaiter et vous m'avez fait sentir, comme
vous me l'aviez promis tant de fois, que la jalousie
qu'on a des vivants est plus cruelle que celle qu'on
peut avoir des morts. Je méritais d'être puni de
ma folie ; mais je ne le suis que trop et, si vous
saviez ce que j'ai souffert des choses mêmes que
j'ai cru que vous faisiez à dessein, vous verriez

bien que vous me rendrez aisément malheureux quand vous le voudrez. — Que voulez-vous dire, Alphonse ? me repartit-elle ; vous croyez que j'ai pensé à vous donner de la jalousie ; et ne savez-vous pas que j'ai été trop affligée de celle que vous avez eue malgré moi pour avoir envie de vous en donner ? — Ah ! Madame, lui dis-je, ne continuez pas davantage à me donner de l'inquiétude ; encore une fois, j'ai assez souffert et, quoique j'aie bien vu que la manière dont vous vivez avec don Manrique n'était que pour exécuter les menaces que vous m'aviez faites, je n'ai pas laissé d'en avoir une douleur mortelle. — Vous avez perdu la raison, Alphonse, répliqua Bélasire, ou vous voulez me tourmenter à dessein, comme vous dites que je vous tourmente. Vous ne me persuaderez pas que vous puissiez croire que j'aie pensé à vous donner de la jalousie, et vous ne me persuaderez pas aussi que vous en ayez pu prendre. Je voudrais, ajouta-t-elle, en me regardant, qu'après avoir été jaloux d'un homme mort que je n'ai pas aimé, vous le fussiez d'un homme vivant qui ne m'aime pas. — Quoi ! Madame, lui répondis-je, vous n'avez pas eu l'intention de me rendre jaloux de don Manrique ?... Vous suivez simplement votre inclination en le traitant comme vous faites ?... Ce n'est pas pour me donner du soupçon que vous avez cessé de lui parler bas ou que vous avez changé de discours quand je me suis approché de vous ? Ah ! Madame, si cela est, je suis bien plus malheureux que je ne pense et je suis même le plus malheureux homme du monde. — Vous n'êtes pas le plus malheureux homme du monde, reprit Bélasire, mais vous êtes le plus déraisonnable et, si je suivais ma raison, je romprais avec vous et je ne vous verrais de ma vie. Mais est-il possible, Alphonse, ajouta-t-elle, que vous soyez jaloux de don Manrique ? — Et comment ne le serais-je pas, Madame, lui dis-je, quand je vois que vous avez avec lui une intelligence que vous me cachez ? — Je vous la cache, me répondit-elle, parce que vous vous offensâtes lorsque je lui parlai de votre bizarrerie, et que je n'ai pas voulu que vous vissiez que je lui parlais encore de vos chagrins et de la peine que j'en souffre. — Quoi ! Madame, repris-je, vous vous plaignez de mon humeur à mon rival et vous trouvez que j'ai tort d'être jaloux ? — Je m'en plains à votre ami, répliqua-t-elle, mais non pas à votre rival. — Don Manrique est mon rival, repartis-je, et je ne crois pas que vous puissiez vous défendre de l'avouer. — Et moi, dit-elle, je ne crois pas que vous m'osiez dire qu'il le soit, sachant, comme vous faites, qu'il passe des jours entiers à ne me parler que de vous. — Il est vrai, lui dis-je, que je ne soupçonne pas don Manrique de travailler à me détruire ; mais cela n'empêche pas qu'il ne vous aime ; je crois même qu'il ne le dit pas encore, mais, de la manière dont vous le traitez, il vous le dira bientôt, et les espérances que votre procédé lui donne le feront passer aisément sur les scrupules que notre amitié lui donnait. — Peut-on avoir perdu la raison au point que vous l'avez perdue ? me répondit Bélasire. Songez-vous bien à vos paroles ? Vous dites que don Manrique me parle pour vous, qu'il est amoureux de moi et qu'il ne me parle point pour lui ; où pouvez-vous prendre des choses si peu vraisemblables ? N'est-il pas vrai que vous croyez que je vous aime et que vous croyez que don Manrique vous aime aussi ? — Il est vrai, lui répondis-je, que je crois l'un et l'autre. — Et si vous le croyez, s'écria-t-elle, comment pouvez-vous vous imaginer que je vous aime et que j'aime don Manrique ? que don Manrique m'aime, et qu'il vous aime encore ? Alphonse, vous me donnez un déplaisir mortel de me faire connaître le dérèglement de votre esprit ; je vois bien que c'est un mal incurable et qu'il faudrait qu'en me résolvant à vous épouser je me résolusse en même temps à être la plus malheureuse personne du monde. Je vous aime assurément beaucoup, mais non pas assez pour vous acheter à ce prix. Les jalousies des amants ne sont que fâcheuses, mais celles des maris sont fâcheuses et offensantes. Vous me faites voir si clairement tout ce que j'aurais à souffrir si je vous avais épousé que je ne crois pas que je vous épouse jamais. Je vous aime trop pour n'être pas sensiblement touchée de voir que je ne passerai pas ma vie avec vous, comme je l'avais espéré ; laissez-moi seule, je vous en conjure ; vos paroles et votre vue ne feraient qu'augmenter ma douleur. »

À ces mots, elle se leva sans vouloir m'entendre et s'en alla dans son cabinet dont elle ferma la porte sans la rouvrir, quelque prière que je lui en fisse. Je fus contraint de m'en aller chez moi, si désespéré et si incertain de mes sentiments que je m'étonne que je n'en perdis le peu de raison qui me restait. Je revins dès le lendemain voir Bélasire ; je la trouvai triste et affligée ; elle me parla sans aigreur, et même avec bonté, mais sans me rien dire qui dût me faire craindre qu'elle voulût m'abandonner. Il me parut qu'elle essayait d'en prendre la résolution. Comme on se flatte aisément, je crus qu'elle ne demeurerait pas dans les sentiments où je la voyais ; je lui demandai pardon de mes caprices, comme j'avais déjà fait cent fois ; je la priai de n'en rien dire à don Manrique et je la conjurai à genoux de changer de conduite avec lui et de ne le plus traiter assez bien pour me donner de l'inquiétude. « Je ne dirai rien de votre folie à don Manrique, me dit-elle ; mais je ne changerai rien à la manière dont je vis avec lui. S'il avait de l'amour pour moi, je ne le verrais de ma vie, quand même vous n'en n'auriez pas d'inquiétude ; mais il n'a que de l'amitié ; vous savez même qu'il a de l'amour pour d'autres ; je l'estime, je l'aime ; vous avez consenti que je l'aimasse ; il n'y a donc que de la folie et du dérèglement dans le chagrin qu'il vous donne ; si je vous satisfaisais, vous seriez bientôt pour quelque autre comme vous êtes pour lui. C'est pourquoi ne vous opiniâtrez pas à me faire changer de conduite, car assurément je n'en changerai point. — Je veux croire, lui répondis-je, que tout ce que vous me dites est véritable, et que vous ne croyez point que don Manrique vous aime ; mais je le crois, Madame, et c'est assez. Je sais bien que vous n'avez que de l'amitié pour lui ; mais c'est une sorte d'amitié si tendre et si pleine de confiance, d'estime et d'agrément que, quand elle ne pourrait jamais devenir de l'amour, j'aurais sujet d'en être jaloux et de craindre qu'elle n'occupât trop votre cœur. Le refus que vous me venez de faire de changer de conduite avec lui me fait voir que c'est avec raison qu'il m'est redoutable. — Pour vous montrer, me dit-elle, que le refus que je vous fais ne regarde pas don Manrique et qu'il ne regarde que votre caprice, c'est que, si vous me demandiez de ne plus voir l'homme du monde que je méprise le plus, je vous le refuserais comme je vous refuse de cesser d'avoir de l'amitié pour don Manrique. — Je le crois, Madame, lui répondis-je ; mais ce n'est pas de l'homme du monde que vous méprisez le plus que j'ai de la jalousie, c'est d'un homme que vous aimez assez pour le préférer à mon repos. Je ne vous soupçonne pas de faiblesse et de changement ; mais j'avoue que je ne puis souffrir qu'il y ait des sentiments de tendresse dans votre cœur pour un

autre que pour moi. J'avoue aussi que je suis
blessé de voir que vous ne haïssiez pas don
Manrique, encore que vous connaissiez bien qu'il
vous aime, et qu'il me semble que ce n'était qu'à
moi seul qu'était dû l'avantage de vous avoir
aimée sans être haï : ainsi, Madame, accordez-moi
ce que je vous demande, et considérez combien
ma jalousie est éloignée de vous devoir offenser. »
J'ajoutai à ces paroles toutes celles dont je pus
m'aviser pour obtenir ce que je souhaitais : il me
fut entièrement impossible.

Il se passa beaucoup de temps pendant lequel je
devins toujours plus jaloux de don Manrique.
J'eus le pouvoir sur moi de le lui cacher. Bélasire
eut la sagesse de ne lui en rien dire, et elle lui fit
croire que mon chagrin venait encore de ma jalousie du comte de Lare. Cependant elle ne changea point de procédé avec don Manrique. Comme
il ignorait mes sentiments, il vécut aussi avec elle
comme il avait accoutumé : ainsi ma jalousie ne
fit qu'augmenter et vint à un tel point que j'en
persécutais incessamment Bélasire.

Après que cette persécution eut duré longtemps
et que cette belle personne eut en vain essayé de
me guérir de mon caprice, on me dit pendant
deux jours qu'elle se trouvait mal et qu'elle n'était
pas même en état que je la visse. Le troisième elle
m'envoya quérir ; je la trouvai fort abattue et je
crus que c'était sa maladie. Elle me fit asseoir
auprès d'un petit lit sur lequel elle était couchée

et, après avoir demeuré quelques moments sans parler : « Alphonse, me dit-elle, je pense que vous voyez bien, il y a longtemps, que j'essaye de prendre la résolution de me détacher de vous. Quelques raisons qui m'y dussent obliger, je ne crois pas que je l'eusse pu faire si vous ne m'en eussiez donné la force par les extraordinaires bizarreries que vous m'avez fait paraître. Si ces bizarreries n'avaient été que médiocres, et que j'eusse pu croire qu'il eût été possible de vous en guérir par une bonne conduite, quelque austère qu'elle eût été, la passion que j'ai pour vous me l'eût fait embrasser avec joie ; mais, comme je vois que le dérèglement de votre esprit est sans remède et que, lorsque vous ne trouvez point de sujets de vous tourmenter, vous vous en faites sur des choses qui n'ont jamais été et sur d'autres qui ne seront jamais, je suis contrainte, pour votre repos et pour le mien, de vous apprendre que je suis absolument résolue de rompre avec vous et de ne vous point épouser. Je vous dis encore dans ce moment, qui sera le dernier que nous aurons de conversation particulière, que je n'ai jamais eu d'inclination pour personne que pour vous et que vous seul étiez capable de me donner de la passion. Mais puisque vous m'avez confirmée dans l'opinion que j'avais qu'on ne peut être heureux en aimant quelqu'un, vous, que j'ai trouvé le seul homme digne d'être aimé, soyez persuadé que je n'aimerai personne et que les impressions que vous avez

faites dans mon cœur sont les seules qu'il avait reçues et les seules qu'il recevra jamais. Je ne veux
pas même que vous puissiez penser que j'aie trop
d'amitié pour don Manrique : je n'ai refusé de
changer de conduite avec lui que pour voir si la
raison ne vous reviendrait point et pour me donner lieu de me redonner à vous si j'eusse connu
que votre esprit eût été capable de se guérir. Je
n'ai pas été assez heureuse : c'était la seule raison
qui m'a empêchée de vous satisfaire. Cette raison
est cessée ; je vous sacrifie don Manrique, je viens
de le prier de ne me voir jamais. Je vous demande
pardon de lui avoir découvert votre jalousie ;
mais je ne pouvais faire autrement et notre rupture la lui aurait toujours apprise. Mon père arriva
hier au soir ; je lui ai dit ma résolution ; il est allé,
à ma prière, l'apprendre au vôtre. Ainsi, Alphonse, ne songez point à me faire changer ; j'ai
fait ce qui pouvait confirmer mon dessein devant
que de vous le déclarer ; j'ai retardé autant que
j'ai pu, et peut-être plus pour l'amour de moi que
pour l'amour de vous. Croyez que personne ne
sera jamais si uniquement ni si fidèlement aimé
que vous l'avez été. »

Je ne sais si Bélasire continua de parler ; mais
comme mon saisissement avait été si grand,
d'abord qu'elle avait commencé, qu'il m'avait été
impossible de l'interrompre, les forces me manquèrent aux dernières paroles que je vous viens
de dire : je m'évanouis et je ne sais ce que fit

Bélasire ni ses gens ; mais, quand je revins, je me trouvai dans mon lit, et don Manrique auprès de moi, avec toutes les actions d'un homme aussi désespéré que je l'étais.

Lorsque tout le monde se fut retiré, il n'oublia rien pour se justifier des soupçons que j'avais de lui et pour me témoigner son désespoir d'être la cause innocente de mon malheur. Comme il m'aimait fort, il était, en effet, extraordinairement touché de l'état où j'étais. Je tombai malade et ma maladie fut violente : je connus bien alors, mais trop tard, les injustices que j'avais faites à mon ami ; je le conjurai de me les pardonner et de voir Bélasire pour lui demander pardon de ma part et pour tâcher de la fléchir. Don Manrique alla chez elle ; on lui dit qu'on ne pouvait la voir ; il y retourna tous les jours pendant que je fus malade, mais aussi inutilement ; j'y allai moi-même sitôt que je pus marcher : on me dit la même chose et, à la seconde fois que j'y retournai, une de ses femmes me vint dire de sa part que je n'y allasse plus et qu'elle ne me verrait pas. Je pensai mourir lorsque je me vis sans espérance de voir Bélasire. J'avais toujours cru que cette grande inclination qu'elle avait pour moi la ferait revenir si je lui parlais ; mais, voyant qu'elle ne me voulait point parler, je n'espérai plus ; et il faut avouer que de n'espérer plus de posséder Bélasire était une cruelle chose pour un homme qui s'en était vu si proche et qui l'aimait si éperdument. Je cherchai

tous les moyens de la voir : elle m'évitait avec
tant de soin et faisait une vie si retirée qu'il
m'était absolument impossible.

Toute ma consolation était d'aller passer la nuit
sous ses fenêtres ; je n'avais pas même le plaisir de
les voir ouvertes. Je crus un jour de les avoir entendu ouvrir dans le temps que je m'en étais allé ;
le lendemain je crus encore la même chose ; enfin
je me flattai de la pensée que Bélasire me voulait
voir sans que je la visse et qu'elle se mettait à sa
fenêtre lorsqu'elle entendait que je me retirais. Je
résolus de faire semblant de m'en aller à l'heure
que j'avais accoutumé et de retourner brusquement sur mes pas pour voir si elle ne paraîtrait
point. Je fis ce que j'avais résolu : j'allai jusques au
bout de la rue, comme si je me fusse retiré. J'en-
tendis distinctement ouvrir la fenêtre ; je retournai en diligence ; je crus entrevoir Bélasire, mais
en m'approchant je vis un homme qui se rangeait
proche de la muraille au-dessous de la fenêtre,
comme un homme qui avait dessein de se cacher.
Je ne sais comment, malgré l'obscurité de la nuit,
je crus reconnaître don Manrique. Cette pensée
me troubla l'esprit ; je m'imaginai que Bélasire
l'aimait, qu'il était là pour lui parler, qu'elle
ouvrait ses fenêtres pour lui ; je crus enfin que
c'était don Manrique qui m'ôtait Bélasire. Dans le
transport qui me saisit, je mis l'épée à la main ;
nous commençâmes à nous battre avec beaucoup
d'ardeur ; je sentis que je l'avais blessé en deux

endroits ; mais il se défendait toujours. Au bruit de nos épées, ou par les ordres de Bélasire, on sortit de chez elle pour nous venir séparer. Don Manrique me reconnut à la lueur des flambeaux ; il recula quelques pas, je m'avançai pour arracher son épée, mais il la baissa et me dit d'une voix faible : « Est-ce vous, Alphonse ? et est-il possible que j'aie été assez malheureux pour me battre contre vous ? — Oui, traître, lui dis-je, et c'est moi qui t'arracherai la vie, puisque tu m'ôtes Bélasire et que tu passes les nuits à ses fenêtres pendant qu'elles me sont fermées. » Don Manrique, qui était appuyé contre une muraille et que quelques personnes soutenaient, parce qu'on voyait bien qu'il n'en pouvait plus, me regarda avec des yeux trempés de larmes. « Je suis bien malheureux, me dit-il, de vous donner toujours de l'inquiétude ; la cruauté de ma destinée me console de la perte de la vie que vous m'ôtez ! Je me meurs, ajouta-t-il, et l'état où je suis vous doit persuader de la vérité de mes paroles. Je vous jure que je n'ai jamais eu de pensée pour Bélasire qui vous ait pu déplaire ; l'amour que j'ai pour une autre, et que je ne vous ai pas caché, m'a fait sortir cette nuit ; j'ai cru être épié, j'ai cru être suivi ; j'ai marché fort vite, j'ai tourné dans plusieurs rues ; enfin je me suis arrêté où vous m'avez trouvé, sans savoir que ce fût le logis de Bélasire. Voilà la vérité, mon cher Alphonse ; je vous conjure de ne vous affliger pas de ma mort ; je vous la pardonne de tout mon cœur », continua-t-il en me tendant les bras pour m'embrasser. Alors les forces lui manquèrent et il tomba sur les personnes qui le soutenaient.

Les paroles, Seigneur, ne peuvent représenter ce que je devins et la rage où je fus contre moi-même ; je voulus vingt fois me passer mon épée au travers du corps, et surtout lorsque je vis expirer don Manrique. On m'ôta d'auprès de lui. Le comte de Guevarre, père de Bélasire, qui était sorti au nom de don Manrique et au mien, me conduisit chez moi et me remit entre les mains de mon père. On ne me quittait point à cause du désespoir où j'étais ; mais le soin de me garder aurait été inutile si ma religion m'eût laissé la liberté de m'ôter la vie. La douleur que je savais que recevait Bélasire de l'accident qui était arrivé pour elle et le bruit qu'il faisait dans la Cour, achevaient de me désespérer. Quand je pensais que tout le mal qu'elle souffrait, et tout celui dont j'étais accablé n'était arrivé que par ma faute, j'étais dans une fureur qui ne peut être imaginée. Le comte de Guevarre, qui avait conservé beaucoup d'amitié pour moi, me venait voir très souvent et pardonnait à la passion que j'avais pour sa fille l'éclat que j'avais fait. J'appris par lui qu'elle était inconsolable et que sa douleur passait les bornes de la raison. Je connaissais assez son humeur et sa délicatesse sur sa réputation pour savoir, sans qu'on me le dît, tout ce qu'elle pouvait

sentir dans une si fâcheuse aventure. Quelques
jours après cet accident, on me dit qu'un écuyer
de Bélasire demandait à me parler de sa part. Je
fus transporté au nom de Bélasire, qui m'était si
cher ; je fis entrer celui qui me demandait : il me
donna une lettre où je trouvai ces paroles :

Notre séparation m'avait rendu le monde si insup-
portable que je ne pouvais plus y vivre avec plaisir, et
l'accident qui vient d'arriver blesse si fort ma réputation
que je ne puis y demeurer avec honneur. Je vais me re-
tirer dans un lieu où je n'aurai point la honte de voir
les divers jugements qu'on fait de moi. Ceux que vous
en avez faits ont causé tous mes malheurs ; cependant
je n'ai pu me résoudre à partir sans vous dire adieu et
sans vous avouer que je vous aime encore, quelque dé-
raisonnable que vous soyez. Ce sera tout ce que j'aurai
à sacrifier à Dieu, en me donnant à lui, que l'attache-
ment que j'ai pour vous et le souvenir de celui que vous
avez eu pour moi. La vie austère que je vais entrepren-
dre me paraîtra douce : on ne peut trouver rien de fâ-
cheux quand on a éprouvé la douleur de s'arracher à ce
qui nous aime et à ce qu'on aimait plus que toutes cho-
ses. Je veux bien vous avouer encore que le seul parti
que je prends me pouvait mettre en sûreté contre l'incli-
nation que j'ai pour vous et que, depuis notre sépara-
tion, vous n'êtes jamais venu dans ce lieu, où vous
avez fait tant de désordre, que je n'aie été prête à vous
parler et à vous dire que je ne pouvais vivre sans vous.
Je ne sais même si je ne vous l'aurais point dit le soir

que vous attaquâtes don Manrique et que vous me don-
nâtes de nouvelles marques de ces soupçons qui ont fait
tous nos malheurs. Adieu, Alphonse ; souvenez-vous
quelquefois de moi, et souhaitez, pour mon repos, que
je ne me souvienne jamais de vous.

Il ne manquait plus à mon malheur que d'apprendre que Bélasire m'aimait encore, qu'elle se
fût peut-être redonnée à moi sans le dernier effet
de mon extravagance et que le même accident
qui m'avait fait tuer mon meilleur ami me faisait
perdre ma maîtresse et la contraignait de se rendre
malheureuse pour tout le reste de sa vie.

Je demandai à celui qui m'avait apporté cette
lettre où était Bélasire ; il me dit qu'il l'avait conduite dans un monastère de religieuses fort austères
qui étaient venues de France depuis peu ; qu'en y
entrant elle lui avait donné une lettre pour son
père et une autre pour moi : je courus à ce monastère ; je demandai à la voir, mais inutilement.
Je trouvai le comte de Guevarre qui en sortait ;
toute son autorité et toutes ses prières avaient été
inutiles pour la faire changer de résolution. Elle
prit l'habit quelque temps après.

Pendant l'année qu'elle pouvait encore sortir[1],
son père et moi fîmes tous nos efforts pour l'y
obliger. Je ne voulus point quitter la Navarre,
comme j'en avais fait le dessein, que je n'eusse

---

1. Elle n'a pas encore prononcé ses vœux définitifs.

entièrement perdu l'espérance de revoir Bélasire ;
mais le jour que je sus qu'elle était engagée pour
jamais, je partis sans rien dire. Mon père était
mort, et je n'avais personne qui me pût retenir. Je
m'en vins en Catalogne, dans le dessein de m'em-
barquer et d'aller finir mes jours dans les déserts
de l'Afrique. Je couchai par hasard dans cette maison ; elle me plut, je la trouvai solitaire et telle
que je la pouvais désirer ; je l'achetai. J'y mène
depuis cinq ans une vie aussi triste que doit faire
un homme qui a tué son ami, qui a rendu malheureuse la plus estimable personne du monde et
qui a perdu, par sa faute, le plaisir de passer sa vie
avec elle. Croirez-vous encore, Seigneur, que vos
malheurs soient comparables aux miens ?

Appendices

Éléments biographiques

1634. Naissance à Paris de Marie-Madeleine Pioche de La Vergne. Son père est gouverneur du marquis de Brézé ; sa mère appartient à une famille de médecins de la cour. Elle aura deux sœurs qui entreront toutes deux en religion pour ne pas nuire à son établissement.

1636. Achat de plusieurs terrains situés en face du palais du Luxembourg, construction d'un hôtel à l'angle de la rue de Vaugirard et de la rue Férou (la future Mme de Lafayette y résidera à partir de 1660), puis d'immeubles.

1649. Mort de Marc Pioche de La Vergne. Sa veuve se remarie l'année suivante avec le chevalier Renaud de Sévigné, conseiller du roi et maréchal de camp, oncle du mari de Mme de Sévigné. Grâce à lui, Marie-Madeleine fait la connaissance de Gilles Ménage, abbé mondain et homme de lettres érudit avec lequel elle sera longtemps liée et entretiendra une longue correspondance (les lettres font état d'une sorte de rivalité galante entre elle et son amie Mme de Sévigné, auquel Ménage a servi de précepteur).

1651. Au couvent des Visitantines de Chaillot, Marie-Madeleine se lie d'amitié avec quelques jeunes filles de la haute aristocratie et avec Henriette d'Angleterre, fille du roi Charles Ier.

1652. Compromis dans la Fronde des princes, Renaud de Sévigné s'exile à Champiré, en Anjou, avec sa famille. Sa femme et ses trois filles font toutefois quelques voyages et séjours à Paris pendant les années qui suivent.

1655. Mariage de Mlle de La Vergne avec le comte François de Lafayette, veuf et de dix-sept ans son aîné. Le couple s'installe au château d'Espinasse, dans le Bourbonnais. Lecture enthousiaste du premier tome de *Clélie* de Mlle de Scudéry (Mme de Lafayette prie Ménage d'intercéder auprès de l'auteur pour avoir connaissance du second, non encore paru).

1656. Mme de Lafayette fréquente le salon de Mme de Rambouillet et la société des Du Plessis-Guénégaud, où elle reçoit le surnom de « Nymphe de l'Allier ». Elle y retrouve Mme de Sévigné, son amie de longue date, et quelques-uns de ses amis et parents, parmi lesquels les Coulanges et Jean Corbinelli, secrétaire de Bussy-Rabutin. Lecture des *Provinciales* de Pascal.

1658. Mme de Lafayette met au monde un fils, Louis (il sera abbé).

1659. Naissance d'un second fils, René-Armand (il sera officier). Mme de Lafayette apprend le latin avec Ménage et fréquente le dramaturge Jean de Segrais ainsi que Pierre-Daniel Huet, autre abbé érudit. À la demande de Mademoiselle, sœur du roi, elle publie un portrait de Mme de Sévigné dans *Divers portraits*. « Résolvez-vous, ma belle, de me voir soutenir toute ma vie à la pointe de mon éloquence

que je vous aime plus encore que vous ne m'aimez »,
lui écrira-t-elle le 14 juillet 1673.

1661. M. de Lafayette regagne son château d'Auvergne
tandis que sa femme demeure dans la capitale. Un
document légal laisse à sa femme pleine autorité
sur les biens de la famille et les affaires à traiter, ce
qui est très exceptionnel. À partir de ce moment,
les époux ne vivront plus ensemble que pendant de
courtes périodes.

1662. Publication anonyme de *Histoire de la princesse de
Montpensier* qui a d'abord circulé sous forme manuscrite. Mme de Lafayette charge Ménage de
faire parvenir quelques exemplaires aux gens de
lettres, notamment à Mlle de Scudéry et à Mme
Amelot.

1664. M. de La Rochefoucauld, auteur des *Maximes* éla-
borées dans le salon de Mme de Sablé, devient
l'ami intime de Mme de Lafayette.

1665. Début de la rédaction de l'*Histoire d'Henriette d'Angleterre*, à la demande de cette dernière, qui a épousé
le frère du roi en 1661 (le texte sera retrouvé et
publié en 1720). Fin de la correspondance entre
Ménage et Mme de Lafayette à la suite d'une
brouille ; elle ne reprendra que vingt ans plus tard.

1670. Publication du premier tome de « *Zaïde, histoire espagnole*, par M. de Segrais, avec un *Traité de l'origine
des romans*, par M. Huet » chez le libraire Barbin (le
second tome paraît en 1671). Segrais, Huet et La
Rochefoucauld ont collaboré à la révision de ce
roman, qui a bien été composé par Mme de Lafayette. « Que la paresse ne vous prenne pas : ce
serait une honte de ne pas achever d'embellir
Zaïde », écrit-elle à Huet (s. d.).

1675. Mme de Lafayette sert à Paris les intérêts de la duchesse de Savoie dont elle devient une sorte d'agent diplomatique.

1678. Mise en vente le 16 mars de *La princesse de Clèves* : « Une des plus charmantes choses que j'aie jamais lues », note Mme de Sévigné pour son cousin Bussy-Rabutin. Le roman, auquel La Rochefoucauld et Segrais n'ont apporté « qu'un peu de correction » selon l'aveu même de l'auteur, connaît un vif succès et suscite la controverse. Le *Mercure galant* ouvre une enquête auprès de ses lecteurs à propos d'une célèbre scène du roman, l'aveu fait à M. de Clèves du sentiment que la princesse sa femme nourrit pour un autre homme.

1680. Mort de M. de La Rochefoucauld.

1683. Mort du mari de Mme de Lafayette.

1689. Rédaction des *Mémoires de la cour de France pour les années 1688 et 1689*.

1690. Mme de Lafayette se tourne davantage vers la religion. Elle prend pour directeur de conscience l'abbé Du Guet, proche de Port-Royal et des jansénistes. Son état de santé, qui n'a jamais été bon, se détériore notablement. Le cercle de ses amis se restreint. « Je suis si sensiblement touchée des marques de votre amitié que je vous le veux dire moi-même, moi qui n'écris plus à personne et dont le caractère est aussi changé que la figure. [...] Je vous ferai écrire à loisir l'état de ma santé, lequel les vapeurs rendent insupportable [...]. Le redoublement de votre amitié me fait une véritable consolation » (à Ménage, s. d.).

1693. Mort de Mme de Lafayette à Paris, le 25 mai, à l'âge de cinquante-neuf ans ; elle est enterrée dans l'église Saint-Sulpice.

1720. Publication d'*Histoire d'Henriette d'Angleterre*, dont il existe plusieurs versions manuscrites.
1724. Publication d'*Histoire de la comtesse de Tende* dans le *Mercure de France* (une version sans titre et sans nom d'auteur avait d'abord paru en 1718 dans le *Nouveau Mercure*).
1731. Publication des *Mémoires de la Cour de France pour les années 1688 et 1689*.

Repères bibliographiques

Seuls quelques ouvrages utiles à consulter et quelques éditions disponibles sont mentionnés ici.

Ouvrages de Mme de Lafayette

Correspondance, éditée d'après les travaux d'André Beaunier, Paris, Gallimard, 1942, 2 vol.

« Histoire de la princesse de Montpensier », « Histoire de la comtesse de Tende », in *Nouvelles du XVIIe siècle*, éd. Micheline Cuénin [pour les nouvelles de Mme de Lafayette], Paris, Gallimard, « Bibliothèque de la Pléiade », 1997 [cette édition s'appuie sur une généreuse documentation historique].

La princesse de Montpensier, suivi de *La comtesse de Tende*, éd. Laurence Plazenet, Paris, Le Livre de Poche, « Libretti », 2003.

La princesse de Clèves et autres romans, éd. Bernard Pingaud, Paris, Gallimard, « Folio », 1972.

Romans et nouvelles, éd. A. Niderst, Paris, Bordas, « Classiques Garnier », 1990 [1970].

Œuvres complètes, éd. Roger Duchêne, Paris, Éditions François Bourin, 1990.

Zayde, éd. Camille Esmein-Sarrazin, Paris, Garnier-Flammarion, 2006.

Ouvrages critiques

ASHTON, Harry, *Madame de La Fayette*[1], *sa vie et ses œuvres*, Cambridge University Press, 1922.

DUCHÊNE, Roger, *Madame de La Fayette*, Paris, Fayard, 2000 [1988].

FRANCILLON, Roger, *L'Œuvre romanesque de Mme de Lafayette*, Paris, José Corti, 1973.

GEVREY, Françoise, *L'Esthétique de Madame de Lafayette*, Paris, SEDES, 1997.

GRANDE, Nathalie, *Stratégies de romancières. De* Clélie *à* La princesse de Clèves *(1654-1678)*, Paris, Honoré Champion, 1999.

KREITER, Janine Anseaume, *Le Problème du paraître dans l'œuvre de Mme de Lafayette*, Paris, Nizet, 1977.

LAUGAA, Maurice, *Lectures de Mme de Lafayette*, Paris, Armand Colin, 1971.

LEVILLAIN, Henriette, *La princesse de Clèves de Mme de La Fayette*, Paris, Gallimard, « Foliothèque », 1995.

SAINTE-BEUVE, Augustin, « Madame de La Fayette », in *Portraits de femmes*, éd. Gérald Antoine, Paris, Gallimard, « Folio », 1998 [1836], p. 311-353.

VIRMAUX, Odette, *Les Héroïnes romanesques de Madame de La Fayette : la princesse de Montpensier, la princesse de Clèves, la comtesse de Tende*, Paris, Klincksieck, 1981.

---

1. Nous avons conservé aux titres d'ouvrages critiques les graphies « La Fayette » ou « Lafayette » (cette dernière s'est imposée) ; il en va de même pour *Zaïde*, que l'on trouve parfois orthographié *Zayde* ou *Zahyde*.

COLLECTION FOLIO 2€

Dernières parutions

Composition Nord Compo
Impression Novoprint
à Barcelone, le 11 avril 2016
Dépôt légal : avril 2016
1ᵉʳ dépôt légal dans la collection : février 2009

ISBN 978-2-07-036094-9./Imprimé en Espagne.

301457